聪明孩子爱看的
经典童话

启迪孩子心灵的

总策划/邢涛 主 编/龚勋

100个智慧童话

汕頭大學出版社

在童话中寻找美德与智慧!

世界儿童基金会 林善富

世界上的父母都希望自己的孩子在童年时期,就树立起良好的品德、远大的理想,就开始形成幽默乐观的性格、善于探索的精神,同时又对那些妙趣横生的科学知识备感好奇……这是每个孩子健康成长的必备要素,也是他们认识世界、获得成功的秘诀!但是,枯燥、生硬的灌输只会引起孩子们的反感。如何能让孩子们愉快而自然地接受这一切呢?这是所有家长需要思考的一个问题。

这套"聪明孩子最爱看的经典童话"采用了最受孩子们欢迎的童话故事形式,从星光闪耀的世界经典童话宝库中选取出能启迪孩子心灵、激励孩子向上、带给孩子欢乐、启发孩子思考……的优秀童话。真正做到了从孩子的年龄特点、兴趣特点出发,将人生道路上不可或缺的品德、智慧、知识等内容巧妙地传递给孩子们。

通过阅读这些童话书,孩子们将在收获快乐的同时,于不知不觉中学会分辨美与丑、善与恶,从而让他们主动去构建对世界的认知体系,真正达到拓展思维空间、提高解决问题能力的目的。这正是天下父母想送给孩子们最有价值、最有意义的礼物,也是孩子们最需要的!

用童话滋养成长中的孩子

中国儿童教育研究所 陈勉

在每个孩子的心灵一角都有一个童话世界，在这个童话世界里，他们强烈的好奇心和旺盛的求知欲都能得到满足，同时，这也是他们认知世界、判断是非、发挥想象力的重要途径之一，童话中蕴涵的道理甚至会影响他们一生的观念和行为！

这套"聪明孩子最爱看的经典童话"精心选取了中外各类经典童话，借此来灌溉正在成长中的孩子。这些童话包含了对孩子们身心发育最重要的主题：智慧、品德、幽默和励志。通过阅读这些优秀的童话，孩子们会变得更聪明、更懂事、更快乐，也更积极向上。同时，孩子们最好奇的科学童话和动物童话也被囊括其中，让孩子们养成随时观察思考、热爱科学知识的好习惯。此外，每个童话故事后面的"爱心传递"、"好习惯传递"等栏目，萃取童话中最具意义的精髓；"童话阅读日记"等栏目则让孩子们去观察和思考周围的人、事、物，培养他们主动思考、积极探索的能力。

童年阶段的孩子就像刚刚露出地面的幼苗，这套书以童话为载体，将孩子们最需要的美德、智慧和知识，化作一股甘甜的清泉，滋润孩子纯净的心灵，让他们成长得更健康！

　　童话是将深奥的人生智慧,化为简单的言语及美丽的故事。在社会高度发展的今天,童话又被赋予了新的意义。它不仅仅成为孩子们探知世界和社会的第一扇窗口,同时,孩子们更可以通过这些富有知识性和趣味性的童话,更多地接触和涉猎社会。

　　小孩子们最喜欢听童话故事,因为童话故事最能点燃儿童思想和语言的火花。并且,每一个孩子在听童话、看童话的同时,想象力、记忆力、思维能力、表演能力和创作等能力也能够得到充分的锻炼。因此,为了方便孩子们阅读这些童话故事,我们为全书标注了拼音,并将每个小故事都配制了精美的插画,使孩子们的想象触角伸得更深、更远。为了使孩子们能够更好地理解故事的内容,我们还在故事的最后做了些浅显易懂的智慧传递,让儿童在阅读的快乐中不仅能发现美,而且还能发现真理、获得智慧。

CONTENTS 目录

启迪孩子心灵的100个智慧童谣

力量的较量

北风与太阳

一天，北风在散步的时候，遇见了太阳。它看到人们都在向太阳热情地打招呼，心里有点不服气："哼！我哪里不比太阳强？凭什么大家只喜欢它？"

北风越想越生气，决定和太阳比一比本事。它想了想，觉得自己最大的本领就是力气大。于是，它向太阳挑战说："喂，太阳老弟，我们来比比力气吧。看谁能把行人的衣服脱下来，怎么样？"

"好吧！你先来。"太阳笑眯眯地答应着。

北风大摇大摆地来到一片空地上，憋足了一口气，冲着路上的行人猛劲儿吹着。行人见天上刮起了大风，纷纷裹紧了衣服。北风吹了很久，居然没有吹下来一件衣服，心里不禁犯起了

嘀咕："咦？我的力气也不小了，怎么会没有一点儿效果呢？看来我必须要使出全身的力气。"接着，它又加大了风力，刮得更猛了。它使劲儿往行人的脖子里钻，企图把人们的衣服吹坏。

行人们冻得瑟瑟发抖，把衣服裹得更紧了。还有一些人从挎包里掏出了厚

凭我的力量，我不相信会吹不下你们的衣服……

衣服穿上。行人们都把自己裹得严严实实的,任凭北风使出全身的力气,也没有把大家的衣服吹下来。

北风累得气喘吁吁,心里十分纳闷儿:"难道是我的力气还不够大吗?"

智慧传递

北风的力量那么强大,为什么还会输掉这场比赛呢?这个小故事足以说明了"力量并不能够战胜一切"的道理。只有像太阳那样,用温和的方式来对待他人,才能获得别人的尊重。

筋疲力尽的北风躲到一边，这回，轮到太阳出场了。

太阳不慌不忙地来到了天空的中央，将温和的光芒洒向大地。不一会儿，天气就变得暖和起来，行人们觉得有点儿热，便脱掉了外套。接着，太阳又把强烈的阳光射向众人，行人感到越来越热，把衣服一件一件地脱下来，却仍觉得汗流浃背。甚至还有一些人，跳进路边的池塘去洗澡了。

看着眼前的一切，北风再也无话可说，便垂头丧气地溜走了。

童话阅读日记

如果想和别人成为好朋友，应该怎么做才能得到这份友谊呢？在下面的空栏里写下来吧！

热心·帮助他人

巧脱险境

笨狐狸

池塘里有一只乌龟，他既热心又聪明，不管遇到什么事，他总是能够想出好办法来帮助别人。

一天，一只小青蛙在小河边开心地玩耍。这时，一只狐狸从树丛里钻了出来。他悄悄地溜到小青蛙的身后，准备偷袭小青蛙。乌龟恰巧路过这里。他看到自己的朋友处境十分危险，也来不及多想，急忙一口咬住狐狸的尾巴。

"哎哟！好痛啊。"狐狸疼得大叫起来。

青蛙听见狐狸的声音赶紧跳到河里游走了。狐狸回头一看，原来是一只乌龟坏了自己的好事。狐狸生气极了，他大骂着："原来是你在捣鬼，看我不吃了你。"

乌龟赶紧把头和脚都缩到硬壳里去。狐狸

抓起乌龟放到嘴里"嘎嘣，嘎嘣"地咬，可怎么也咬不动。

狐狸恶狠狠地说："我要把你扔到天上去，摔死你。"

乌龟说："快扔吧，我正想去天上转一圈儿呢！"

狐狸心想：我可不能让这个家伙得逞。他改口说："我要把你扔到火盆里烧死。"

乌龟开心地叫道：

"太好了，我正想

找个火盆暖暖身

智慧传递

乌龟虽然被狐狸抓住了，但它并不慌张。它故意激怒狐狸，终于把狐狸气得失去了理智。这个故事告诉我们，做任何事都要冷静，面对敌人时要像乌龟那样，抓住对方心理，才能巧妙地脱离险境。

zi ne nǐ gǎn kuài
子呢！你赶快

rēng ba
扔吧。"

hú li qì de
狐狸气得

huǒ mào sān zhàng kàn kan shēn biān
火冒三丈，看看身边

de chí táng wēi xié wū guī
的池塘，威胁乌龟：

wǒ yào bǎ nǐ rēng dào chí táng li yān sǐ nǐ
"我要把你扔到池塘里，淹死你。"

tīng le hú li de huà wū guī wū wū de kū le qǐ lai hú li dà
听了狐狸的话，乌龟"呜呜"地哭了起来："狐狸大

gē qiān wàn bú yào bǎ wǒ rēng dào chí táng li qu nà yàng wǒ huì bèi yān sǐ de
哥，千万不要把我扔到池塘里去。那样，我会被淹死的。"

hú li cái bù lǐ huì wū guī
狐狸才不理会乌龟

de āi qiú ne tā hèn hèn
的哀求呢，他狠狠

救命啊，快来救救我！

14

de bǎ wū guī rēng dào le shuǐ li wū guī xià le shuǐ lì kè shēn chū tuǐ lai huá
地把乌龟扔到了水里。乌龟下了水，立刻伸出腿来划

ya huá yì zhí yóu dào qīng wā shēn biān liǎng gè xiǎo huǒ bàn xiào zhe duì àn shang de
呀划，一直游到青蛙身边。两个小伙伴笑着对岸上的

hú li shuō hā hā nǐ shàng dàng le
狐狸说："哈哈！你上当了！"

hú li kàn zhe shuǐ zhōng de qīng wā hé wū guī zhēn shì qì hūn le tóu wǒ
狐狸看着水中的青蛙和乌龟，真是气昏了头："我

yào zhuā zhù nǐ men shuō zhe hú li xiàng hé zhōng jiān pū le guo qu kě shì
要抓住你们！"说着，狐狸向河中间扑了过去。可是

tā bìng bú huì yóu yǒng jí de dà jiào zhe jiù mìng jiù mìng
他并不会游泳，急得大叫着："救命！救命！"

hā hā nǐ zì jǐ xiǎng bàn fǎ ba qīng wā hé wū guī méi yǒu lǐ huì
"哈哈，你自己想办法吧！"青蛙和乌龟没有理会

hú li zhuǎn tóu yóu zǒu le
狐狸，转头游走了。

童话阅读日记

　　当你遇到危险的时候，你会慌张吗？还是像小乌龟这样运用智慧逃离危险呢？设想一下，当你面对坏人的时候，你有什么办法来逃脱呢？在下面的空栏里写下来吧！

向路人求助

巧治贪心鬼
惩治贪心的狼

在一座大森林里，一只狼和一只狐狸生活在一起。因为狐狸比较弱小，所以狼总是欺负狐狸。每天，狐狸辛辛苦苦找来食物，狼总是一把抢过去，只顾自己大吃大嚼，从来不顾及狐狸。时间久了，狐狸心里便有了想法，打算找个机会摆脱狼。

一天，狼和狐狸一起出门找吃的。路上，狼吓唬狐狸说："赶快去给我弄点好吃的来，否则我就吃了你。"

狐狸眨了眨眼睛，说："村子里有几只肥美的小绵羊，你如果想吃，我就去弄一只来。"狼最喜欢吃小羊羔了，它流着口水，跟着狐狸来到了村里。

不一会儿，狐狸偷来了一只小绵羊，并把它交给了狼，说："你先吃吧，我再去看看还有什么别的

好吃的。"说着，狐狸就走了。

狼开心极了，狼吞虎咽地独享了大餐。可是，狐狸偷来的那只羊实在是太小了，还不够贪吃的狼塞牙缝呢。狼的嘴巴又馋了，便自己跑到村里去偷。由于狼的动作笨拙，惊动了羊妈妈，羊妈妈咩咩一叫，就把村民们喊来了。村民们发现了狼，把它

狠狠地打了一顿。

狼抱着脑袋，哀嚎着逃回了家里。

它埋怨狐狸说："你可把

wǒ kēng kǔ la　　wǒ bú dàn méi chī bǎo　hái āi
我坑苦啦。我不但没吃饱，还挨

le yí dùn dú dǎ
了一顿毒打。"

hú li xīn li àn xiào
狐狸心里暗笑：

huó gāi　　shéi ràng nǐ nà me
活该，谁让你那么

tān chī ne
贪吃呢！

dì èr tiān　láng hé hú li yòu yì qǐ chū lai mì
第二天，狼和狐狸又一起出来觅

shí　　zōu dào cūn kǒu de shí hou　　tā men wén dào le kǎo bǐng de xiāng wèi　láng chán
食。走到村口的时候，它们闻到了烤饼的香味。狼馋

de zhí liú kǒu shuǐ　biàn fēn fù hú li qù tōu bǐng　tīng huà de hú li qīng shǒu qīng
得直流口水，便吩咐狐狸去偷饼。听话的狐狸轻手轻

jiǎo de liū dào zhǔ fù jiā li　　bú guò　tā zhǐ ná le liù zhāng jiān bǐng
脚地溜到主妇家里，不过，它只拿了六张煎饼。

hú li bǎ jiān bǐng quán bù gěi le láng　rán hòu yòu zhǎo le ge jiè kǒu lí kāi le
狐狸把煎饼全部给了狼，然后又找了个借口离开了。

tān xīn de láng bǎ liù zhāng jiān bǐng quán tūn jìn le dù zi　kě hái shi jué de
贪心的狼把六张煎饼全吞进了肚子，可还是觉得

méi chī bǎo　　yú shì　tā mào xiǎn qián rù le zhǔ fù de jiā　　bú guò　tā de
没吃饱。于是，它冒险潜入了主妇的家。不过，它的

dòng zuò kě méi yǒu hú li nà me qīng qiǎo　tā zài tōu bǐng de shí hou　bù xiǎo xīn
动作可没有狐狸那么轻巧。它在偷饼的时候，不小心

bǎ guō zi pèng dào le dì shang　zhǔ fù fā xiàn le láng　máng hǎn lái fù jìn de cūn
把锅子碰到了地上。主妇发现了狼，忙喊来附近的村

mín　cūn mín men gǎn guo lai　yòu bǎ láng tòng dǎ le yí dùn
民。村民们赶过来，又把狼痛打了一顿。

láng qué zhe tuǐ　háo jiào zhe táo huí le jiā　hú li jiàn le láng de láng bèi
狼瘸着腿，嚎叫着逃回了家。狐狸见了狼的狼狈

yàng zi　xīn zhōng tōu xiào
样子，心中偷笑。

　　dì sān tiān qīng zǎo　　hú li fú zhe yì qué yì guǎi de láng qù xún zhǎo shí wù
　　第三天清早，狐狸扶着一瘸一拐的狼去寻找食物。

láng wēi xié hú li shuō　　hú li　　nǐ gěi wǒ nòng diǎn hǎo chī de lai　　fǒu zé
狼威胁狐狸说："狐狸，你给我弄点好吃的来，否则，

wǒ jiù chī le nǐ
我就吃了你。"

　　hú li shuō　　zuó tiān　　cūn li yí hù rén jiā shā le yì tóu zhū　　bǎ ròu
　　狐狸说："昨天，村里一户人家杀了一头猪，把肉

yān zài dì jiào li　　wǒ men qù nà li chī ge tòng kuai ba
腌在地窖里，我们去那里吃个痛快吧。"

　　láng yì biān tūn kǒu shuǐ　　yì biān dīng zhǔ shuō　　wǒ xiàn zài tuǐ jiǎo bù hǎo
　　狼一边吞口水，一边叮嘱说："我现在腿脚不好，

jīn tiān　　nǐ bù xǔ zài lí kāi wǒ
今天，你不许再离开我。"

　　wǒ yí dìng huì jìn lì zhào gù nǐ de
　　"我一定会尽力照顾你的。"

狐狸把狼带到了那家村民的地窖，里面果然放着好多腌肉。恶习不改的狼钻进地窖之后，吃个不停，一边吃还一边想："今天我一定要吃饱为止。"

聪明的狐狸一边吃一边跑到窖口处，不停地跳来跳去，测量自己的腰围能不能够从窖口钻出去。

"你为什么在窖口那儿跳来跳去？"狼不解地问。

"我在为你把风，免得有人来了你还不知道。"狐狸蹦蹦跳跳，故意弄出很大的响声。

这时，主人听到了声音，朝地窖走了过来。狐狸见

智慧传递

狐狸通过细心观察,发现狼有贪吃的毛病。于是,它利用巧妙的办法惩治了狼,最后终于摆脱了狼的控制。原来,力量的弱小并不意味着永远被人欺辱,只要你开动脑筋,就一定可以反败为胜的!

了,"嗖"地溜出了窖口,逃跑了。狼呢,由于它吃得太多了,肚子撑得圆鼓鼓的,根本没有办法钻出窖口。结果,狼被主人逮住了。

主人见腌肉几乎都被吃光了,心里十分恼火,一棒子就把狼给打死了。这时,那只聪明的狐狸早已经逃进了大森林。它终于摆脱了那只贪心的狼。

童话阅读日记

想一想,当遇到一些个头大、身子壮的大哥哥欺负你或者你的同伴时,你该怎么做呢? 想想那些恃强凌弱的家伙们最怕什么?

在下面的空栏里写下来吧!

找爸爸妈妈帮忙

自信的力量

聪明的小裁缝

一个早晨，小裁缝坐在靠窗的台子旁，正在缝制一件背心。

忽然，他发现几只苍蝇落在了他的果酱面包上。他拿起毛巾朝苍蝇挥去，一下子打死了七只。

"我可真了不起！"小裁缝不禁对自己的勇敢大加赞赏，"全世界的人都应该知道我的壮举。"于是，小裁缝为自己裁剪了一条腰带，上面绣了几个醒目的大字："一下子打死七个"！小裁缝觉得凭着他这样英勇无畏的精神，应该出去闯一闯。于是，他把腰带系在腰间，出去闯荡了。

小裁缝来到一座大山前，看见一个巨人坐在不远处。小裁缝上前跟他打招呼，可巨人根本不理他。于是，小裁缝解开上衣，露出腰带给巨人看。巨人以为

小裁缝打死的是七个人，不禁对小裁缝产生几分敬意。不过，他还是想试试小裁缝究竟有多厉害。于是，他捡起一块石头，使劲一捏，石头顿时变成了粉末。

小裁缝灵机一动，掏出口袋里的干酪，轻轻一捏，乳汁就冒了出来。

巨人见了，吃了一惊，但他还是不服气，便指着一棵砍倒的橡树说："你能把这

kē shù cóng lín zi li tái zǒu ma
棵树从林子里抬走吗？"

dāng rán méi yǒu wèn tí　　xiǎo cái feng shuō　　shù zhī yòu duō yòu zhòng　wǒ
"当然没有问题。"小裁缝说，"树枝又多又重，我

lái káng shù zhī
来扛树枝。"

yú shì　　jù rén káng qǐ shù gàn　xiǎo cái feng què zuò zài le yì gēn shù zhī
于是，巨人扛起树干，小裁缝却坐在了一根树枝

shang　jù rén méi fǎ huí tóu kàn　zhǐ néng káng zhe chén zhòng de dà shù xiàng qián zǒu
上。巨人没法回头看，只能扛着沉重的大树向前走。

tā zǒu le hǎo yuǎn yí duàn lù　zhōng yú lèi de
他走了好远一段路，终于累得

zǒu bú dòng le　　zhè shí　　xiǎo cái feng
走不动了。这时，小裁缝

从树上跳下来，用两只胳膊抱住
树身，做出一副抬着大树的
样子，对巨人说："亏你这
么大块头，连棵树也扛不
了！"巨人感到惭愧极
了，忙找了个借口溜走了。

小裁缝继续赶路，不久便来到了一座王宫的院子
里。国王看到他腰带上的字，以为他是个危险人物，
想把他赶走，可是又不敢得罪他。国王对小裁缝说：
"森林里有两个无恶不作的巨人，如果你能把他们杀
死，我就将公主许配给你，并赐给你半个王国。"

小裁缝答应了国王的要求，独自一人来到了森林
中。他发现那两个巨人正躺在一棵大树下睡觉呢。
小裁缝忙把身上的口袋里装满石头，然后爬到树上
藏了起来。他把石头接二连三地朝一个巨人的胸口
砸去。那个巨人被砸醒了，见四处无人，便用力推了

tuī shēn biān de tóng bàn wèn   nǐ wèi shén me dǎ wǒ
推身边的同伴，问："你为什么打我？"

lìng yí gè jù rén shēng qì de huí dá   wǒ gēn běn méi dǎ nǐ
另一个巨人生气地回答："我根本没打你。"

liǎng gè rén shuō wán   yòu tǎng xià shuì le   zhè shí   xiǎo cái feng yòng yí kuài dà
两个人说完，又躺下睡了。这时，小裁缝用一块大

shí tou cháo dì èr gè jù rén zá le xià qu   dì èr gè rāng rāng qǐ lai   nǐ
石头朝第二个巨人砸了下去。第二个嚷嚷起来："你

gàn má ná shí tou dǎ wǒ
干吗拿石头打我？"

wǒ méi yǒu wa   dì yī gè páo xiào zhe huí dá
"我没有哇。"第一个咆哮着回答。

tā men zhēng chǎo le jǐ jù zhī hòu   yòu bì shàng yǎn jing shuì le   zhè shí
他们争吵了几句之后，又闭上眼睛睡了。这时，

xiǎo cái feng xuǎn le yí kuài zuì dà de shí tou   cháo dì
小裁缝选了一块最大的石头，朝第

yī gè jù rén shǐ jìnr   zá le xià qu
一个巨人使劲儿砸了下去。

智慧传递

如果小裁缝没有对自己建立了充足的自信，也许他一辈子都不会知道自己这么能干呢！我们也应该建起立对自己的自信。因为，从我们"抬起头"的那一刻起，也许就是我们走向成功的第一步哦。

"你太不像话啦！"

第一个巨人怒吼着从地上一跃而起，猛推他的同伴一把。

第二个巨人也分毫不让，两个家伙打了起来。最后，他们两败俱伤，都倒在地上死了。

就这样，聪明的小裁缝消灭了两个巨人，高高兴兴地回去见国王了。后来，他不但和美丽的公主结了婚，而且还当上了半个国家的国王呢。

童话阅读日记

仔细想一想，小裁缝之所以获得了成功，除了自信之外，还有哪些必要的因素呢？

在下面的空栏里写下来吧！

勇敢

糖衣炮弹

大老虎的牙齿

zài sēn lín li dà jiā dōu hài pà lǎo hǔ yīn wèi lǎo hǔ de yá chǐ zuì lì hai
在森林里，大家都害怕老虎，因为老虎的牙齿最厉害。

xiǎo hóu shuō lǎo hǔ yòng jiān yá yì yǎo dà shù
小猴说："老虎用尖牙一咬大树，

shù jiù duàn le zhēn xià rén
树就断了，真吓人！"

xiǎo hú li què shuō bú yòng hài pà
小狐狸却说："不用害怕！

wǒ kě yǐ bǎ tā de yá chǐ quán bá guāng
我可以把他的牙齿全拔光！"

dòng wù men dōu bú xìn xiǎo hú li de huà
动物们都不信小狐狸的话。

méi xiǎng dào xiǎo hú li zhēn de qù zhǎo dà lǎo hǔ le hái dài le yí dà bāo táng
没想到，小狐狸真的去找大老虎了，还带了一大包糖。

táng shì shén me lǎo hǔ cóng lái méi yǒu cháng guò bù jīn duì xiǎo hú li de
糖是什么？老虎从来没有尝过，不禁对小狐狸的

lǐ wù gǎn dào shí fēn hào qí yú shì tā gāo xìng de jiē shòu le lǐ wù zhuā
礼物感到十分好奇。于是，他高兴地接受了礼物，抓

qǐ yí lì nǎi yóu táng fàng jìn zuǐ li wèi dào guǒ rán hǎo jí le
起一粒奶油糖放进嘴里，味道果然好极了。

cóng cǐ xiǎo hú li cháng cháng gěi lǎo hǔ sòng táng chī lǎo hǔ chī le yí
从此，小狐狸常常给老虎送糖吃。老虎吃了一

lì yòu yí lì lián shuì jiào de shí hou zuǐ li hái hán zhe táng ne
粒又一粒，连睡觉的时候，嘴里还含着糖呢。

dà lǎo hǔ de hǎo péng you shī zi jiàn le jiù quàn tā táng chī de tài duō
大老虎的好朋友狮子见了，就劝他："糖吃得太多，

yòu bù shuā yá yá chǐ huì zhù diào de
又不刷牙，牙齿会蛀掉的。"

dà lǎo hǔ zhèng yào shuā yá　　xiǎo hú li jiù lái le　　tā dà shēng jīng hū

大老虎正要刷牙，小狐狸就来了，他大声惊呼：

nǐ bǎ yá chǐ shang de táng quán shuā diào le　　duō kě xī ya

"你把牙齿上的糖全刷掉了，多可惜呀。"

lǎo hǔ shuō　　táng chī duō le　　yá huì huài de

老虎说："糖吃多了，牙会坏的。"

xiǎo hú li gǎn jǐn shuō　　bié ren de yá chǐ pà táng　　kě nín de yá duō lì

小狐狸赶紧说："别人的牙齿怕糖，可您的牙多厉

hai a　　tiě gùn dōu néng yǎo duàn　　hái huì pà táng

害啊，铁棍都能咬断，还会怕糖？"

lǎo hǔ tīng le　　dé yì jí le　　dà xiào zhe shuō　　hā hā　　bú cuò　　bú

老虎听了，得意极了，大笑着说："哈哈，不错，不

cuò shuō zhe tā yòu bǎ yí kuài táng sāi jìn zuǐ li
错。"说着，他又把一块糖塞进嘴里。

yì tiān yè li lǎo hǔ yá téng le téng de tā wǔ zhù liǎn wā wā dà jiào
一天夜里，老虎牙疼了，疼得他捂住脸哇哇大叫，

mǎn dì dǎ gǔn
满地打滚……

tiān hái méi liàng lǎo hǔ jiù lái qiāo yá kē yī shēng mǎ dài fu de mén mǎ
天还没亮，老虎就来敲牙科医生马大夫的门。马

dài fu yì tīng yào gěi lǎo hǔ bá yá xià de mén dōu bù gǎn kāi
大夫一听要给老虎拔牙，吓得门都不敢开。

lǎo hǔ yòu pǎo qù zhǎo niú dài fu niú dài fu yě máng shuō wǒ bù bá nǐ
老虎又跑去找牛大夫，牛大夫也忙说："我不拔你

de yá
的牙……"

dà jiā dōu bù gǎn gěi lǎo hǔ bá yá lǎo hǔ de liǎn hěn kuài biàn zhǒng le qǐ
大家都不敢给老虎拔牙，老虎的脸很快便肿了起

lai téng de tā zhí
来，疼得他直

jiào huan shéi néng bǎ
叫唤："谁能把

wǒ de yá bá diào wǒ
我的牙拔掉，我

jiù ràng tā zuò dà wáng
就让他做大王。"

智慧传递

狐狸以糖为武器,让老虎在不知不觉中毁掉了自己的牙齿,多么高明啊!对人来说也一样,武力威胁不可怕,可怕的是甜蜜的诱惑。人们一旦落入了甜言蜜语的陷阱,就好坏不分了,这会吃大亏的。

这时,小狐狸穿着白大衣来了。他看了看老虎的牙齿,惊叫着:"你的牙必须要全部拔掉!"老虎疼得没办法,只好让小狐狸拔牙。小狐狸拔呀拔,把老虎所有的牙都拔掉了。

于是,从前那只威风凛凛的老虎成了瘪嘴老虎。可他还感激地对小狐狸说:"你真好,又送我糖吃,又替我拔牙,谢谢,谢谢!"

童话阅读日记

仔细想一想,老虎为什么会被骗?他身上的哪些缺点致使他失去了锋利的牙齿呢?

在下面的空栏里写下来吧!

喜欢听奉承话

以智取胜

斗力不如斗智

一个小男孩在一座山上种了一片玉米。秋天到了，玉米成熟时，狗熊跑到玉米地里觅食。它钻进黄灿灿的玉米地，吃一些、扔一些，结果把小男孩辛辛苦苦种的玉米都给糟蹋了。

小男孩来摘玉米时，看到玉米秧上光秃秃的，地里到处都是散落的玉米粒和熊的脚印。小男孩生气极了，跑去找狗熊算账。

狗熊见小男孩身单力薄，就满不在乎地说："你的玉米是让我给糟蹋了，可你能把我怎么样呢？"

小男孩理直气壮地回答："我要你赔。"

"我要是偏不赔呢？"狗熊蛮不讲理地问道。

斗力不如斗智

轰隆隆！

xiǎo nán hái fèn fèn de shuō　　nà wǒ jiù ràng nǐ qiáo qiao wǒ de lì hai
小男孩愤愤地说："那我就让你瞧瞧我的厉害。"

hā hā　nǐ néng dǎ bài wǒ ma　　jiǎn zhí shì xiào hua　sēn lín li　yǒu
"哈哈，你能打败我吗？简直是笑话。森林里，有

shéi bù zhī dào wǒ gǒu xióng lì dà wú qióng　　gǒu xióng kuáng wàng de dà xiào zhe
谁不知道我狗熊力大无穷。"狗熊狂妄地大笑着。

xiǎo nán hái piē le piē zuǐ　shuō dào　　kě wǒ zhǐ tīng dà jiā shuō gǒu xióng shì
小男孩撇了撇嘴，说道："可我只听大家说狗熊是

ge bèn jiā huo　gēn běn méi yǒu shén me zhēn běn shi
个笨家伙，根本没有什么真本事。"

gǒu xióng tīng hòu shí fēn nǎo huǒ　zhǐ zhe lù biān yí gè mò pán dà de shí tou
狗熊听后十分恼火，指着路边一个磨盘大的石头

shuō　　děng wǒ bǎ zhè kuài shí tou rēng dào shān xià qu　nǐ jiù zhī dào wǒ de lì qi
说："等我把这块石头扔到山下去，你就知道我的力气

yǒu duō dà le
有多大了。"

yú shì   gǒu xióng bēi qǐ
于是，狗熊背起

nà kuài jù dà de shí tou xuàn
那块巨大的石头，炫

yào zhe zài cǎo dì shang zǒu le yì
耀着在草地上走了一

quānr   shùn zhe dǒu pō bǎ shí tou rēng xià le shān
圈儿，顺着陡坡把石头扔下了山。

xiǎo nán hái yáo yáo tóu   shuō   bēi shí tou suàn bú shàng lì qi dà   néng bá
小男孩摇摇头，说："背石头算不上力气大，能拔

qǐ yì kē shù cái suàn yǒu lì qi ne
起一棵树才算有力气呢。"

nà nǐ jiù děng zhe qiáo ba   gǒu xióng shuō zhe   yòu kēng chī kēng chī de bá
"那你就等着瞧吧！"狗熊说着，又吭哧吭哧地拔

qǐ shù lai   tā fèi le jiǔ niú èr hǔ
起树来。它费了九牛二虎

zhī lì   zhōng yú bá chū le yì kē dà shù
之力，终于拔出了一棵大树。

bú liào   xiǎo nán hái
不料，小男孩

yòu shuō   rú guǒ nǐ néng
又说："如果你能

智慧传递

狗熊的力气虽然很大，但它最后还是输给了聪明的小男孩。通过这场力量与智慧的较量，我们应该懂得：空有一身蛮劲儿是不行的，只有充满智慧的人才会成为生活中真正的强者。

bǎ shù rēng dào hú li　　　ràng tā xiàng chuán yí yàng piāo qǐ lai　　nà wǒ jiù chè dǐ fú
把树扔到湖里，让它像 船一样漂起来，那我就彻底服
qì le
气了。"

wèi le zhèng míng zì jǐ de shí lì　　gǒu xióng guǒ zhēn bǎ dà shù tuō dào le hú
　　为了证明自己的实力，狗熊果真把大树拖到了湖
li　　zhè shí tā yǐ jīng lèi de jīn pí lì jìn le　　　xiǎo nán hái kàn zhǔn jī huì
里。这时，它已经累得筋疲力尽了。小男孩看准机会
tiào guo qu　　jiū zhù gǒu xióng de ěr duo　bǎ tā de nǎo dai shǐ jìn èn dào hú li
跳过去，揪住狗熊的耳朵，把它的脑袋使劲摁到湖里，
guàn le tā yí dù zi shuǐ　gǒu xióng bú duàn de qiú ráo　　bìng dā ying yí dìng huì gěi
灌了它一肚子水。狗熊不断地求饶，并答应一定会给
xiǎo nán hái péi cháng　　xiǎo nán hái zhè cái sōng le shǒu
小男孩赔偿。小男孩这才松了手。

cóng cǐ　　shān pō shang duō le yì zhī huì lā lí de gǒu xióng　tā měi tiān qín
　　从此，山坡上多了一只会拉犁的狗熊，它每天勤
qín kěn kěn de gōng zuò zhe　　bāng xiǎo nán hái zhòng yù mǐ
勤恳恳地工作着，帮小男孩种玉米。

童话阅读日记

　　看了这篇故事，你是否体会到了智慧的强大力量呢？如果你也
想做一个聪明的孩子，那么应该通过哪些方式来汲取营养呢？

　　在下面的空栏里写下来吧！

多看书

互助互利

狗、公鸡和狐狸

狗和公鸡是一对好朋友，他们不管去哪里都是形影不离的。

这一天，狗和公鸡结伴外出旅行。一路上，他们一会儿捉蝴蝶，一会儿采野花。不知不觉，天色就黑了下来。可是直到现在，他们还没有找到走出大森林的路呢！

天色越来越黑，公鸡又是个大近视眼，实在不方便赶路。于是，他对狗说："狗大哥，今天晚上我们就在森林里过夜吧，等明早天亮了再继续赶路。"

"好吧。"狗爽快地答应了。

于是，他们在一棵粗壮茂盛的大树下安顿下来。公鸡飞上了树枝，这样他便可以看到远处的动静，时刻保持警惕。而狗则钻进了树洞，以免一些野兽侵袭

树上的公鸡。两个小伙伴经过一天的奔波，实在是太累了。不一会儿，他们便进入了香甜的梦乡。

黑夜慢慢过去。天刚刚亮，公鸡便"喔喔喔"地啼叫起来："起床了！狗大哥起床了！"

结果，公鸡的叫声把附近的一只狐狸给吵醒了。

他寻着声音来到树下，看到树枝上站着一只漂亮的公鸡，就动起了坏脑筋：只要把这公鸡弄到手，今天一天就可以不用找别的东西吃了。

于是，狐狸笑嘻嘻地对公鸡说道："啊，你的歌声多么美妙呀，我都听得入迷了，你能下来和我高歌一曲吗？这样我将会感到万分荣幸的。"

公鸡对狐狸的坏品行早有耳闻，所以他才不听狐狸的话呢。他不动声色地说："我多么愿意满足你的愿望啊！不过，请你先叫醒树洞里的看门人，让他把门打开！"

"好的，没问题。"说着，狐狸便伸长脖子向黑乎乎的树洞里探去。这时，

智慧传递

公鸡是不是很聪明，当它遇到危险的时候，首先想到的就是寻求别人的帮助。当你遇到解决不了的问题时，也可以充分利用你身边的"资源"——你的朋友和亲人，他们永远是我们的资源和力量。

树洞里的狗已经睡醒了。狗看见狐狸伸进头来，对准他的脖子狠狠地咬了一口。

"啊——"狐狸顿时鲜血直流，倒在地上折腾了几下，断了气。

公鸡跳下树来，说："我的朋友，你是多么勇敢啊！谢谢你救了我，咱们现在继续赶路吧！"

于是，公鸡和狗手拉着手，肩并着肩向森林的深处走去。太阳慢慢出来了，金色的光芒照耀着他们的旅程。

童话阅读日记

认真想一想，当你面对危险的时候，应该如何摆脱呢？
在下面的空栏里写下来吧！

拨打 110 求救

巧妙的构思

国王的画像

从前有一位国王，他长得十分丑陋，瞎了一只眼，缺了一只手，还断了一只脚。所以，他看起来活像个大怪物。可是，这位丑国王却十分爱面子，从来不准许任何人评论他的相貌。

而且，他也不让大臣们把镜子摆在自己的卧室里，所以，他已经有好多年没有看过自己的模样了。

这一天，丑国王忽然心血来潮，想找个画师来给自己画像。他觉得这样一来，他既可以看到自己的模样，又可以留给后世子孙瞻仰。于是，他派人请来了全国最好的画师。

这位老实的画师画了一整天，把国王画得栩栩如生、活灵活现。但是，丑国王看了之后却大发雷霆。他冲画师吼道："你把我画成这么一副残缺模样，岂不是让后人耻笑我吗？"他一怒之下把这位无辜的画师定了死罪。

丑国王又派人请来了第二位画师。这个画师早就听说了第一位画家的遭遇，哪里还敢照实给国王画像啊。他战战兢兢地握着画笔，把国王残缺的眼睛、手、腿统统补了上去，把国王画成了一个完美无缺的人。

但是，丑国王看了之后更生气了，说："这根本不是我！你这样画是在存心讽刺

智慧传递

有时候，光有才学、没有机智是行不通的。就像给国王画像一样，为什么有的被砍了头，有的却得到了奖赏呢？面对要求苛刻的国王，任凭画师技艺再高超，也不如画得恰到好处有效。

wǒ
我。"他一怒之下把第二位画师也处死了。

jiē zhe chǒu guó wáng yòu zhǎo lái le dì sān wèi huà shī
接着，丑国王又找来了第三位画师。

dì sān wèi huà shī tí xīn diào dǎn de lái dào wáng gōng tā jí zhōng shēng zhì
第三位画师提心吊胆地来到王宫。他急中生智，

huà le yì fú guó wáng dān tuǐ guì xià bì zhe yì zhī yǎn miáo zhǔn shè jī de xiào xiàng
画了一幅国王单腿跪下、闭着一只眼瞄准射击的肖像

huà zhè yàng zhěng gè huà miàn jiù bǎ guó wáng de quē diǎn quán bù yǎn gài le chǒu
画。这样，整个画面就把国王的缺点全部掩盖了。丑

guó wáng kàn le huà zhī hòu shí fēn gāo xìng zhòng zhòng de jiǎng shǎng le zhè ge cōng míng
国王看了画之后十分高兴，重重地奖赏了这个聪明

de huà shī
的画师。

童话阅读日记

第三位画师利用丰富的想象力，为身体残疾的国王画了一张完美的画像。由此可以看出，只要开动脑筋，困难往往都是有办法解决的。平时，你有没有过巧妙解决问题的事情发生呢？

在下面的空栏里写下来吧！

巧妙的回答

国王的难题

从前有个国王，他出了三道难题。由于这三道题实在是太离奇了，所以一直没有人能够答得上来。于是，国王便贴出告示说："如果谁能够回答出这三道题，将得到王子一样的待遇。"

有一个聪明的小牧童，无论别人问他什么，他都能做出聪明的回答。他看到了国王张贴的告示后，便自告奋勇地进了王宫。

国王见小牧童年纪很小，有点儿瞧不起他，便嘲弄他说："小家伙，如果你能回答出我所提出的三个问题，我就认你做我的儿子，让你永远住在王宫里。"

小牧童恭敬地说道："请您说问题吧！"

guó wáng shuō　　　dì yī gè wèn tí　　dà hǎi li yǒu duō shao dī shuǐ
国王说："第一个问题：大海里有多少滴水？"

xiǎo mù tóng huí dá　　　zūn jìng de guó wáng　qǐng nín xià lìng bǎ shì jiè shang suǒ
小牧童回答："尊敬的国王，请您下令把世界上所

yǒu de hé liú dōu dǔ qǐ lai　　bú ràng yì dī shuǐ liú jìn dà hǎi　　yì zhí děng wǒ
有的河流都堵起来，不让一滴水流进大海，一直等我

shǔ wán　dào shí wǒ jiù huì gào su nǐ dà hǎi li jiū jìng yǒu duō shao dī shuǐ
数完，到时我就会告诉你大海里究竟有多少滴水。"

guó wáng zàn xǔ de diǎn le diǎn tóu　yòu shuō　　dì èr gè wèn tí shì　tiān
国王赞许地点了点头，又说："第二个问题是：天

shang yǒu duō shao kē xīng xing
上有多少颗星星？"

孩子，你知道天
上有多少颗星星吗？

当那座高山被鸟啄光时，永恒的第一秒才刚刚结束。

xiǎo mù tóng shuō   bì xià qǐng gěi wǒ yì zhāng dà bái zhǐ   jiē zhe   tā
小牧童说："陛下，请给我一张大白纸。"接着，他

yòng bǐ zài dà bái zhǐ shang diǎn le wú shù mì mì má má de xì diǎn   xì de jǐ
用笔在大白纸上点了无数密密麻麻的细点，细得几

hū kàn bu chū lái   gèng wú fǎ shǔ
乎看不出来，更无法数

qīng chu   rú guǒ yǒu rén dīng
清楚。如果有人盯

zhe kàn   zhǔn huì yǎn huā liáo
着看，准会眼花缭

luàn   xiǎo mù tóng shuō   tiān
乱。小牧童说："天

shang de xīng xing gēn wǒ zhè zhāng
上的星星跟我这张

智慧传递

这三个问题可以说是无法找出答案的，但小牧童却用一种巧妙的方式做出了解答。智慧真是具有一种令人叹服的力量。小朋友如果想成为像小牧童那怎样有智慧的人，从现在开始就要好好学习哦。

zhǐ shang de diǎn yí yàng duō　qǐng lái shǔ shǔ ba
纸上的点一样多，请来数数吧。"

guó wáng jiē zhe yòu wèn　dì sān gè wèn tí shì　yǒng héng yǒu duō shao miǎo zhōng
国王接着又问："第三个问题是：永恒有多少秒钟？"

xiǎo mù tóng huí dá　zài xī fāng yǒu zuò zuàn shí shān　nà zuò shān yǒu jǐ qiān
小牧童回答："在西方有座钻石山，那座山有几千

mǐ gāo　jǐ qiān mǐ kuān　jǐ qiān mǐ shēn　měi gé yì bǎi nián biàn huì yǒu yì zhī niǎo
米高、几千米宽、几千米深，每隔一百年便会有一只鸟

fēi lái　yòng tā de zuǐ lái zhuó shān　děng zhěng gè shān dōu bèi zhuó guāng shí　yǒng héng
飞来，用它的嘴来啄山，等整个山都被啄光时，永恒

de dì yī miǎo jiù jié shù le
的第一秒就结束了。"

guó wáng tīng hòu zàn tàn dào　hái zi　nǐ xiàng zhì zhě yí yàng huí dá le wǒ
国王听后赞叹道："孩子，你像智者一样回答了我

de sān gè wèn tí　cóng jīn yǐ hòu　nǐ kě yǐ zhù zài gōng zhōng le　wǒ huì xiàng
的三个问题，从今以后，你可以住在宫中了，我会像

dài qīn shēng ér zi yí yàng lái duì dài nǐ de
待亲生儿子一样来对待你的。"

童话阅读日记

　　世界上并不是每一个问题都有一个绝对标准的答案，所以很多时候，我们也可以从多个角度来考虑问题。对于国王的这三道问题，你有没有更巧妙的答案呢？

　　在下面的空栏里写下来吧！

巧设圈套

和巨人比赛吃东西

从前，有个叫做灰小子的年轻人，他的家里很穷。

为了糊口，他每天都要去森林里砍树。

这一天，灰小子又像往常一样来到了大森林里。

他刚刚举起斧头，一个巨人突然冲到他的面前，高声吼着："大胆的小子！谁允许你来这里砍树的？这是我的森林，赶紧离开这里，不然我就杀了你！"

灰小子做出一副不以为然的样子，对巨人说："你最好捂好你的鼻子，不然我会捏得你无法呼吸。"说

完，灰小子从腰间的皮囊里拿出一块奶酪，轻轻一捏，乳浆便喷了出来。

笨巨人以为那奶酪是一块白色的石头呢。他看到灰小子一只手便可以把石头捏出水来，可吓坏了。他不但再也不敢得罪这

个"力大无穷"的小伙子，而且还把灰小子当成贵宾，请回了自己的家，并煮了一大锅的肉粥来招待他。不过，巨人虽然表面上对灰小子言听计从，实际上他正挖空心思地想要把灰小子除掉呢！

灰小子早就看出了巨人的诡计，他对巨人说："看你的个子那么大，想不到你的力气那么小。看来，你

de wèi kǒu yě bú dà
的胃口也不大。"

jù rén huàng zhe dà nǎo
巨人晃着大脑

dai chuī niú shuō shéi shuō
袋，吹牛说："谁说

de wǒ yì kǒu qì kě yǐ chī
的！我一口气可以吃

diào èr shí tóu niú shí zhǐ yě tù ne
掉二十头牛、十只野兔呢。"

nà me wǒ men lái bǐ yì bǐ shéi chī de duō shuō wán huī xiǎo zi biàn
"那么我们来比一比谁吃的多。"说完，灰小子便

ná qǐ yí gè dà tāng sháo hē qǐ zhōu lái jù rén bù gān luò hòu yě ná zhe
拿起一个大汤勺，喝起粥来。巨人不甘落后，也拿着

yí gè dà tāng sháo pīn mìng de wǎng zuǐ li guàn zhōu qí shí huī xiǎo zi cái méi
一个大汤勺，拼命地往嘴里灌粥。其实，灰小子才没

nà me shǎ ne tā chèn jù rén bú zhù yì bǎ zhōu quán bù dào
那么傻呢，他趁巨人不注意，把粥全部倒

jìn le yāo jiān de pí náng li
进了腰间的皮囊里。

智慧传递

灰小子镇定而又机智，他不动声色地将凶恶愚笨的巨人一步步引向灭亡。聪明的人就是这样，做事情的时候总是会从长远着眼，将事情发展的每一步都掌握在控制之中。让我们也做一个聪明的孩子吧！

不一会儿，巨人的肚子胀得像个皮球一样，他不得不求饶说："我太饱了，吃不下了。"

灰小子也挺着肚子说："我也是。这些粥好撑人。要不，我们把粥弄出来一些吧。"说完，他拿起刀子，割破了皮囊。这时，白花花的粥便流了出来。

巨人吃惊地问："不会痛吗？"

灰小子说："一点也不痛。你可以试试看。"

愚蠢的巨人接过灰小子的刀，使劲朝自己的肚皮刺去，结果却把自己杀死了。

童话阅读日记

灰小子的计划环环相扣，最终战胜了强大的巨人！由此，我们可以发现计划也是很重要的。那么，你也拟定一个计划，在下面的空栏里写下来吧！

每天读书1小时

不为人言所动

鹤的耳朵

chūn tiān lái le　　　bǎi huā shèng kāi　　dà dì
春天来了，百花盛开，大地

chéng xiàn chū yí piàn shēng jī bó bó de jǐng xiàng
呈现出一片生机勃勃的景象。

hè kàn zhe zhè wǔ cǎi bīn fēn de yán sè　jué dìng
鹤看着这五彩缤纷的颜色，决定

gěi zì jǐ zuò yí jiàn piào liang de huā yī shang
给自己做一件漂亮的花衣裳。

shuō gàn jiù gàn　　dì èr tiān yí dà qīng zǎo
说干就干！第二天一大清早，

hè zǎo zǎo de pá qǐ lai le　tā zhǎo chū zhēn xiàn　dǎ suàn gěi zì jǐ de bái qún
鹤早早地爬起来了。她找出针线，打算给自己的白裙

zi shang xiù yì duǒ huā　　kě shì xiù shén me huā hǎo ne　　hè zuò zài chuāng hu páng
子上绣一朵花。可是绣什么花好呢？鹤坐在窗户旁

fā dāi　ná bú dìng zhǔ yi
发呆，拿不定主意。

zhè shí　　tā tū rán wàng jiàn bù yuǎn chù yǒu yì kē táo shù　shù shang táo huā
这时，她突然望见不远处有一棵桃树，树上桃花

shèng kāi　　nèn fěn de yán sè hǎo kàn jí le
盛开，嫩粉的颜色好看极了。

fěn sè de táo huā bú cuò　　yú shì　hè zhǎo chū fěn sè de xiàn tuán　bù
"粉色的桃花不错。"于是，鹤找出粉色的线团。不

yí huìr　　tā biàn xiù chū le yì duǒ táo huā de lún kuò
一会儿，她便绣出了一朵桃花的轮廓。

zhè shí　kǒng què tí zhe cài lán zi cóng hè jiā mén qián jīng guò　　tā kàn dào
这时，孔雀提着菜篮子从鹤家门前经过。她看到

hè zài xiù táo huā　bù jīn jiàn yì dào　āi ya　táo huā kāi bù liǎo duō jiǔ jiù
鹤在绣桃花，不禁建议道："哎呀！桃花开不了多久就

凋谢了，多么不吉祥呀！我觉得绣月月红好，既大方
又吉利！"

"嗯，孔雀姐姐说得有道理。我听您的！"鹤连声
向孔雀姐姐道谢，并把绣好的桃花拆掉了，改为绣月
月红。

鹤正绣得入神时，忽然听见锦鸡在自己的耳边说
道："鹤姐姐，月月红花瓣太少了，显得有些单调，我看

绣桃花多不吉利，还是绣月月红吧。

háistshì xiù duǒ dà mǔ dān ba   mǔ dān shì fù guì huā   kàn qǐ lai duō me yōng róng
还是绣朵大牡丹吧，牡丹是富贵花，看起来多么雍容

huá guì ya
华贵呀！"

hè zǐ xì xiǎng le xiǎng   jué de jǐn jī mèi mei shuō de yě duì   jié guǒ   tā
鹤仔细想了想，觉得锦鸡妹妹说得也对。结果，她

yòu bǎ xiù hǎo de yuè yuè hóng chāi le   chóng xīn kāi shǐ xiù qǐ mǔ dān lai
又把绣好的月月红拆了，重新开始绣起牡丹来。

bú liào   tā gāng gāng xiù le yí bàn   huà méi yòu fēi le guò lai   tā zhàn zài
不料，她刚刚绣了一半，画眉又飞了过来。她站在

chuāng wài de zhī tóu shang   jīng shēng jiān jiào dào   hè sǎo sao   nǐ zuì xǐ ài zài
窗外的枝头上，惊声尖叫道："鹤嫂嫂，你最喜爱在

shuǐ táng li xiē xi   yīng gāi xiù hé huā   hé huā qīng dàn sù yǎ   chū wū ní ér
水塘里歇息，应该绣荷花。荷花清淡素雅，出污泥而

智慧传递

小朋友,你说说为什么鹤至今都没有绣出自己的漂亮衣裳呢?对!就是因为鹤在做事的时候,没有坚定的立场,没有主见,总是被别人的意见所左右,所以才会一事无成。

不染,多美呀!而且,荷花与鹤姐姐的气质也很相配。"

鹤听了,心里美滋滋的。她觉得画眉说的也有道理,结果又把牡丹拆了改绣荷花……

就这样,每当鹤快绣好一朵花的时候,总有一个伙伴提出不同的建议。她绣了拆,拆了绣,直到现在,她那条裙子还是白白的,没有绣上任何花朵。

童话阅读日记

看了这则故事,你有什么更深的体会呢?在下面的空栏里写下来吧!

做事不要半途而废

轻信的代价
黑熊换鸡蛋

"大米换鸡蛋！"黑熊推着一辆三轮车，在森林里边走边喊。

狐狸大嫂听到黑熊的叫喊声，赶忙从木房子里钻出来。她解开车上的米袋子，仔细地看了又看，问："这些米怎么换？"

"这袋米要换一筐鸡蛋。"黑熊回答。

"好的，你等我一下，我进屋去拿蛋。"狐狸大嫂说着，转身钻进了木房子。

黑熊站在路边，一边等一边想："听说狐狸经常撒谎骗人，我可得小心点儿……"

黑熊正想着，狐狸大嫂就端着一大筐蛋出来了。黑熊一看：这些蛋有的大，有的小，大的比香瓜还大，小的比核桃还小。

还没等黑熊开口问，狐狸大嫂就先说话了："别这么大惊小怪的。这大蛋是大鸡下的，小蛋嘛，当然就是小鸡下的啦。"

"哦。"黑熊不好意思地挠了挠头，接着说道，"不过……"

狐狸大嫂瞪了黑熊一眼，说："看样子你是信不过我了。你仔细看看，我像骗子吗？"黑熊仔细一看，眼前的这位狐狸大嫂脸上笑

mī mī de, yì diǎnr yě
眯眯的，一点儿也

bú xiàng piàn zi。 yú shì,
不像骗子。于是，

tā lián máng bāng hú li dà sǎo bǎ
他连忙帮狐狸大嫂把

dà mǐ káng jìn wū, rán hòu bǎ
大米扛进屋，然后把

zhè yì kuāng "jī dàn" zhuāng shàng le sān lún chē
这一筐"鸡蛋"装上了三轮车。

huí jiā zhī hòu, hēi xióng bǎ dàn fàng zài le rè kàng shang, dǎ suàn fū chū yì
回家之后，黑熊把蛋放在了热炕上，打算孵出一

qún xiǎo jī lai, bàn ge yǎng jī chǎng
群小鸡来，办个养鸡场。

rán ér, qí guài de shì qing què jiē èr lián sān de fā shēng le
然而，奇怪的事情却接二连三地发生了。

dì yì tiān, cóng dàn ké li zuān chū sān shí zhī xiǎo wū guī。 xiǎo wū guī men
第一天，从蛋壳里钻出三十只小乌龟。小乌龟们

yì zhí wǎng wài pá a pá,
一直往外爬啊爬，

zuì hòu shùn zhe xī shuǐ yóu
最后顺着溪水游

zǒu le。 dì èr tiān, cóng
走了。第二天，从

dàn ké li zuān chū le liù
蛋壳里钻出了六

十条小青蛇。小青蛇哧溜、哧溜爬上山坡,钻进草丛不见了。第三天,从蛋壳里钻出九十条小鳄鱼。鳄鱼"扑通、扑通"跳进河里,眨眼间就没了影子。第四天,最大、也是最后的一个蛋裂开了,从蛋壳里蹦出了一只小鸵鸟。小鸵鸟有礼貌地对黑熊说:"有空到沙漠找我玩儿吧,再见!"说完,他迈开长腿跑开了。

黑熊愣愣地望着满炕的空蛋壳,最后竟"扑哧"笑了。他自言自语地说:"狐狸呀狐狸,想不到我还是被你骗了。"

童话阅读日记

妈妈经常教育我们要警惕什么样的人呢?在下面的空栏里写下来吧!

🦢 主动和我们搭话的人

思将仇报

猴子的心

鳄鱼大王最近得了一种奇怪的病。医生说，只有吃猴子的心才会痊愈。于是，鳄鱼臣子们纷纷出发了。

不远处的河边有一棵大树，有一只猴子很喜欢在这棵树上玩耍。一条鳄鱼每天都在河边游来游去，望着树上的猴子动歪脑筋。

小猴子以为鳄鱼想吃树上的果子呢，便扔果子给鳄鱼。鳄鱼心里暗想：多好吃的果子呀！如果得不到猴子心，天天能吃到美味的果子也不错。从那以后，鳄鱼每天都在大树旁边游来游去，而猴子也很乐意扔果子给鳄鱼吃。慢慢地，猴子对他越来越信任了。

一天，鳄鱼对猴子说："你对我真好，

wǒ xiǎng qǐng nǐ dào wǒ jiā qù wán
我想请你到我家去玩。"

xiè xie nǐ de hǎo yì　　hóu zi shuō　　kě wǒ bú huì yóu yǒng
"谢谢你的好意,"猴子说,"可我不会游泳。"

méi guān xi　wǒ kě yǐ bēi nǐ qù　　è yú shuō
"没关系,我可以背你去!"鳄鱼说。

nà hǎo ba　　　hóu zi shuō zhe　biàn tiào dào le è yú de bèi shang
"那好吧!"猴子说着,便跳到了鳄鱼的背上。

bàn lù shang è yú dé yì yáng yáng de duì hóu zi shuō　guāi guāi gēn wǒ zǒu
半路上,鳄鱼得意洋洋地对猴子说:"乖乖跟我走

ba　wǒ men de dà wáng zhǐ yào chī le nǐ de xīn jiù huì kāng fù le　dào shí hou
吧,我们的大王只要吃了你的心就会康复了。到时候,

wǒ yí dìng huì bèi tā suǒ qì
我一定会被他所器

zhòng de
重的!"

hóu zi yì tīng
猴子一听

哎呀，我的心还在树上挂着呢。

吓得半死，可他尽量装出平静的样子。"哎呀，你为什么不早说呢，我的心根本没有带在身上。"猴子说。

鳄鱼觉得很奇怪："你的心不在身上，在哪儿呢？"

"我把心挂在树上，忘了带来了。唉，现在你把我带回去也没有用。鳄鱼大王发现我没有心，一定会生

qì de　　bù rú wǒ men xiàn zài
气的，不如我们现在
huí qu ná ba
回去拿吧！"

è yú jué de hóu zi shuō
鳄鱼觉得猴子说

de yǒu dào lǐ　　jiù zhuǎn shēn wǎng
得有道理，就转身往

huí yóu　　dào le àn biān hóu zi sōu　de yí xià tiào dào àn shang　pá shàng le
回游。到了岸边，猴子"嗖"的一下跳到岸上，爬上了

dà shù　　hóu zi dà xiào zhe shuō　　wǒ de xīn jiù zài wǒ de xiōng táng li　　kuài
大树。猴子大笑着说："我的心就在我的胸膛里。快

gǔn ba　nǐ zhè ge shǎ guā　huài dàn　　hóu zi yì biān shuō　yì biān bù tíng de
滚吧，你这个傻瓜！坏蛋！"猴子一边说，一边不停地

cháo è yú rēng làn guǒ zi
朝鳄鱼扔烂果子。

è yú zhī dào zì jǐ shàng dàng le　　zhǐ hǎo huī liū liū de yóu zǒu le
鳄鱼知道自己上当了，只好灰溜溜地游走了。

智慧传递

猴子每天给鳄鱼摘果子吃，可是坏心眼的鳄鱼却从来没有感激过猴子，反而总是动歪心眼想要把猴子弄到手。可惜，这只鳄鱼不但很坏，而且脑子也很笨。最后，它终于落得一个没有好果子吃的下场。

童话阅读日记

如果你遇到像鳄鱼这样恩将仇报的人，你会不会生气呢？你会怎样对付他？在下面的空栏里写下来吧！

远离这种人

没安好心·狐狸拜年

过新年啦！大森林里的小动物们都忙得热火朝天的，只有狐狸妈妈和小狐狸心情不好。

小狐狸哭着对妈妈说："我好饿呀，这么冷的天，我们去哪里找东西吃？"

狐狸妈妈拍着小狐狸的脑袋说："孩子，别哭，让我动动脑筋想想看。"

狐狸眼睛骨碌一转，一个坏主意就想出来了。她跳起来说："孩子，咱们去吃兔子肉吧！"说着，她拿了

一个大布袋，叫小狐狸钻进袋子里，背着布袋子往兔子家走去。

兔子正在家里陪着客人吃饭呢。客人是谁？小羊和小牛，他们是来拜年的。三个好朋友

_{wán de zhèng gāo xìng shí mén hū rán pēng pēng de xiǎng le}
玩得正高兴时，门忽然嘭嘭地响了。

_{shéi ya tù zi wèn}
"谁呀？"兔子问。

_{hú li niē zhe sǎng zi shuō wǒ shì xiǎo yáng tù zi dì di wǒ lái gěi}
狐狸捏着嗓子说："我是小羊，兔子弟弟，我来给

_{nǐ bài nián gěi nǐ sòng lǐ wù lái le}
你拜年，给你送礼物来了！"

_{xiǎo yáng duì tù zi shuō zhè kě guài lā wǒ bú shì yǐ jīng lái le ma}
小羊对兔子说："这可怪啦！我不是已经来了吗？

_{hái yǒu nǎ ge xiǎo yáng lái gěi nǐ bài nián ne ràng wǒ men kàn kan qu}
还有哪个小羊来给你拜年呢？让我们看看去。"

_{xiǎo yáng xiǎo niú hé tù zi yì qǐ cháo wài mian wàng le wàng nǎr shì xiǎo}
小羊、小牛和兔子一起朝外面望了望：哪儿是小

羊，原来是狐狸，而且她身上还背着一袋东西呢。

兔子回答："原来是狐狸大婶来给我拜年呀。我可不敢当啊，我今天生病了，怕吹风，不能开门！"

狐狸想了一想，说："那我先走了。不过，有一点儿东西放在你门口，那是我的心意，请收下吧！"说完，狐狸就跑开了。

兔子听外面没动静了，就跟小羊、小牛打开门，把那袋东西拿了进来。

小牛说："当心点儿，那只坏狐狸不会给我们送什么好东西的。"

说完，小牛、小羊、小兔子各拿了根棒子防身。他们打算拆开袋子，看看布袋里面到底装着什么东西。

小羊刚把布袋解开，"噗"的一下从里面跳出一只

小狐狸来，嘴里还嚷着："我来拜年啦！让我先尝尝
兔子肉吧！"说着，小狐狸张开大嘴，朝小兔子扑了过
去。可是还没等他凑近，他的脑袋就已经挨了一棒
了！小狐狸想逃走，可棒子却接二连三地打下来！

　　小狐狸趴在地上求饶："我是来拜年的，求求您别
打了！"

　　兔子、小羊、小牛都说："既然你来拜年，我们就好

hǎor de qǐng nǐ chī yí dùn
好儿地请你吃一顿！"

tā men yì qí yòng lì dǎ bù jiǔ xiǎo hú li biàn bèi dǎ de duàn le qì
他们一齐用力打，不久，小狐狸便被打得断了气。

tā men bǎ xiǎo hú li yòu zhuāng jìn le bù dài fàng zài le mén wài guān hǎo fáng mén
他们把小狐狸又装进了布袋，放在了门外，关好房门。

guò le yí huìr hú li yòu lái le kàn jiàn bù dài réng rán fàng zài mén
过了一会儿，狐狸又来了，看见布袋仍然放在门

kǒu xīn xiǎng tù zi zěn me méi shōu xià zhè lǐ wù ya
口，心想：兔子怎么没收下这礼物呀！

hú li jiě kāi bù dài zǐ xì yí kàn xiǎo hú li yǐ jīng sǐ le
狐狸解开布袋，仔细一看，小狐狸已经死了！

hú li zuò zài tù zi de mén kǒu dà kū qǐ lai tā hèn hèn de shuō kě
狐狸坐在兔子的门口大哭起来，他恨恨地说："可

è de tù zi　wǒ yí dìng yào
恶的兔子，我一定要

bào chóu bù kě
报仇不可！"

hú lí huà méi shuō wán
狐狸话没说完，

mén jiù kāi le　　tù zi　xiǎo
门就开了。兔子、小

yáng hé xiǎo niú ná zhe bàng zi　yì qǐ pǎo chu lai　yí xià liǎng xià　sān xià
羊和小牛拿着棒子一起跑出来。一下、两下、三下……

bàng zi dǎ zài hú li de nǎo dai shang　hú li lái bu jí mǒ yǎn lèi　zài dì shang
棒子打在狐狸的脑袋上，狐狸来不及抹眼泪，在地上

dǎ le ge gǔn　jiā zhe wěi ba táo zǒu le
打了个滚，夹着尾巴逃走了。

wàng zhe hú li láng bèi de bèi yǐng　xiǎo tù zi　xiǎo yáng hé xiǎo niú dōu kāi
望着狐狸狼狈的背影，小兔子、小羊和小牛都开

xīn de xiào le
心地笑了。

智慧传递

大家都知道，狐狸是个狡猾的坏家伙。它假惺惺地去给小兔拜年，会安什么好心眼呢？通过这个故事，我们应该懂得一个道理：永远不要相信坏人，尤其当他们露出善良的姿态时，更是别有用心。

童话阅读日记

陌生人送你巧克力，你是接受还是拒绝呢？说说你的想法，在下面的空栏里写下来吧！

拒绝

尊重他人

狐狸和鹤

有一天，狐狸来找鹤，邀请她晚上到自己家里吃饭。鹤小姐很高兴地答应了，在去狐狸家做客的时候，她还为狐狸带上了一份精美的礼物。

晚餐很快就准备好了。

狐狸亲热地招呼："鹤小姐，我专门为你准备了香甜可口的汤。"

"太好了，我最喜欢喝汤了！"鹤很感激地说道。

可是，当狐狸端出饭菜的时候，鹤才发现原来狐狸是在戏弄自己。因为狐狸只是用豆子做了一点汤，并且把汤倒在一个扁平的盘子中。狐狸用舌头很容易就可以舔到汤，而鹤的嘴又长又尖，每喝一口，汤水便从她的嘴角流出来，她怎么也喝不到。

狐狸瞥着眼睛看鹤的笑话，心中暗暗得意。

鹤发现狐狸存心在捉弄自己，心里十分生气，但她并没有说什么，而是不动声色地回了家。

不久，鹤也邀请狐狸去她家做客。爱贪小便宜的狐狸高高兴兴地来了。

"狐狸先生别客气，想吃什么就尽管吃，把这儿当

成自己家一样。"说着，鹤端出了晚餐。

鹤拿出的东西是什么呢？原来是装在细颈水瓶里的小鱼！

"谢谢！你真是太客气了。"说完，狐狸将嘴伸进水瓶里，但是那瓶口又细又长，他的嘴巴怎么也伸不进

智慧传递

狐狸请鹤吃饭，却不真心实意地招待人家。最终，它也受到了鹤的戏弄。这个故事告诉我们，如果想要别人尊重自己，那么首先就要懂得尊重对方。不懂得尊重他人的人，最后总会得到应有的惩罚。

qù hú li yòu shì zhe jiāng
去。狐狸又试着将

xiǎo yú dào chū lai dàn shì
小鱼倒出来，但是

píng kǒu xiǎo de shén me
瓶口小得什么

yě dào bù chū hú lí jí de
也倒不出。狐狸急得

mǎn tóu dà hàn xiǎng chū zhǒng zhǒng bàn
满头大汗，想出种种办

fǎ hái shi chī bú dào píng zhōng de xiǎo yú
法还是吃不到瓶中的小鱼。

zhè shí hou tā zhuǎn guò tóu kàn le kàn hè zhǐ jiàn tā jiāng cháng zuǐ qīng qīng
这时候，他转过头看了看鹤，只见她将长嘴轻轻

sōng sōng de shēn jìn píng zi jīn jīn yǒu wèi de chī zhe ne hú li zhè cái míng bai
松松地伸进瓶子，津津有味地吃着呢。狐狸这才明白

guò lai yuán lái hè shì yòng tóng yàng de bàn fǎ jiào xun tā ne
过来，原来鹤是用同样的办法教训他呢。

童话阅读日记

仔细想一想，还有哪些行为是不尊重他人的表现？

在下面的空栏里写下来吧！

嘲笑别人

警惕别有用心的人

狐狸与乌鸦

小朋友都知道狐狸和乌鸦的故事吧？

上一回，乌鸦找到一块肉，正站在树上休息的时候，恰巧被狐狸看见了。狡猾的狐狸巴结乌鸦说："乌鸦小姐，听说你的歌唱得很动听。能给我唱一曲吗？"

乌鸦从没听过这样的赞美，心里美滋滋的。她刚一张嘴，肉就从嘴里掉了下来。这时，狐狸立刻叼起肉，乐呵呵地享受美餐去了。乌鸦看着狐狸的背影，心里懊悔极了。

第二天，乌鸦又找到了一块肉，站在树杈上休息。这时，那只狐狸走过来，又用同样的方法恭维乌鸦。狐狸见乌鸦一直不开口，便做

chū yí fù chóng bài de yàng zi shuō
出一副崇拜的样子说："乌鸦妹妹，你的歌喉那么动

tīng què cóng lái bú qù biǎo xiàn zì jǐ wǒ xiāng xìn sēn lín li méi yǒu bǐ nín
听，却从来不去表现自己。我相信，森林里没有比您

gèng qiān xū de gē chàng jiā le
更谦虚的歌唱家了。"

wū yā tīng le hú li de huà xīn li shí fēn jī dòng zhèng yào shuō jǐ jù
乌鸦听了狐狸的话，心里十分激动，正要说几句

qiān xū de huà ne jié guǒ
谦虚的话呢，结果

gāng yì zhāng kāi zuǐ ba ròu
刚一张开嘴巴，肉

jiù diào dào le dì shang　hú li diāo qǐ nà kuài ròu　dé yì yáng yáng de zǒu le
就掉到了地上。狐狸叼起那块肉，得意洋洋地走了。

dì sān tiān　wū yā yòu nòng dào yí kuài ròu　hú li bù jǐn bú màn de lái
第三天，乌鸦又弄到一块肉。狐狸不紧不慢地来

dào shù xià　shuō dào　wū yā mèi
到树下，说道："乌鸦妹

mei tiān shang de fēi niǎo men hé dì
妹，天上的飞鸟们和地

shang de zǒu shòu men dōu
上的走兽们都

shuō nín de sǎng zi bǐ há ma
说您的嗓子比蛤蟆

de jiào shēng hái yào nán tīng
的叫声还要难听……"

shéi shuō de　　tīng
"谁说的……"听

le hú li de huà　wū yā qì
了狐狸的话，乌鸦气

智慧传递

虽然狐狸每次说的话不同，但是它的目的只有一个——骗到乌鸦嘴里的肉。而经过几次上当之后，乌鸦终于懂得了——自己必须要有自知之明。只有了解自己的优点和缺点，才不会为人言所动。

得火冒三丈，打算与狐狸争辩一番。可是，她才说了两个字，嘴里的肉便掉到了地上。乌鸦再次后悔不已。

乌鸦也真有办法，过了一天，她又弄到了一块肉。这一次，她仍然站在树上静静地等待着。没过一会儿，那只狐狸又来了。不过，这一次不管狐狸说什么，乌鸦都不开口了。任凭狐狸在树下吹捧她、讨好她、讽刺她，乌鸦始终无动于衷。乌鸦看着狐狸，觉得狐狸既无聊又恶心，便不再答理他，拍拍翅膀飞走了。

童话阅读日记

　　小朋友，当你看到乌鸦被狐狸骗了一次又一次时，除了觉得可笑之外，是否也得到了一些启示呢？在生活中，我们应该警惕什么样的人？在下面的空栏里写下来吧！

无故献殷勤的人

母爱的伟大

会飞的头

很久很久以前，有一个可怕的妖怪。那是一颗会飞的头，头很大，没有身体，头的两旁还长着翅膀。它会飞到空中，然后再扑下来，用它可怕的尖牙抓住那些不幸遇到它的人。它的头发很脏，乱乱地揪成一团，看着就让人感到恶心。并且，它每次出现的时候，总会愤怒地大吼大叫，让人感到不寒而栗。

有一天晚上，这个会飞的头又出来作恶了。人们因为害怕他，都找地方躲了起来，只有一个少妇抱着她的孩子还坐在部落的聚会所里。

少妇说："我们不能让孩子们生活在对妖怪的恐惧里，总得有

人站出来解决这一切。"

当会飞的头出现在聚会所门前，少妇就假装忙着煮饭，用叉子将又红又热的石头拿到嘴巴跟前。少妇一直动着嘴唇，赞叹地说："这肉真好吃！"

趁会飞的头没注意的时候，少妇偷偷地将嘴边的

shí tou piē dào le shēn hòu
石头撇到了身后。

bú guò huì fēi de tóu kě méi
不过，会飞的头可没

yǒu kàn dào zhè yí qiè tā yǐ
有看到这一切，它以

wéi shào fù zhèng zài xiǎng yòng měi wèi de
为少妇正在享用美味的

dà ròu kuài ne
大肉块呢！

huì fēi de tóu chán de kǒu shuǐ dōu liú xia lai le tā bú gù yí qiè de chōng
会飞的头馋得口水都流下来了，它不顾一切地冲

le guò lai tūn xià dà guō li suǒ yǒu de shí tou
了过来，吞下大锅里所有的石头。

gǔn tàng de shí tou shāo zháo le yāo guài de hóu
滚烫的石头烧着了妖怪的喉

智慧传递

这真是一位勇敢的母亲！她的身上具有着许多非凡的品质，但最令人感动的，还是她的勇敢。是勇敢，让她能够站出来对付妖怪；是勇敢，让她能够临危不惧，想出巧妙的办法，战胜了妖怪。

long，妖怪尖叫着逃跑了。

妖怪的叫声太可怕了，那震耳欲聋的声音使土地都震动起来，树上的叶子也都掉了下来。

躲藏在远处的人们听到妖怪凄厉的叫声，纷纷跑回到了聚会所，想看看到底发生了什么事。刚刚推开会所的大门，大家就看见了那位勇敢的少妇，她正安静地哺喂她的宝宝。

从此，人们再也没有看过那只可怕的妖怪。

童话阅读日记

当你遇到一件困难的事，你是选择逃避呢，还是勇敢地面对？你应该怎么做？

在下面的空栏里写下来吧！

积极想办法解决

常识也是知识

火鸡先生和鹅太太

火鸡先生家的门锁坏了，怎么修也修不好。他干脆把门钉住，自己从窗口飞进飞出。

有一天下午，鹅太太从河边散步回来，路过火鸡先生的家，打算去做客。鹅太太敲敲门问："火鸡先生在家吗？"

火鸡先生回答："我在家呢。不过，大门的锁坏了，只能从旁边的小窗口进出。"

鹅太太只好走到小窗口那儿。她用力爬呀爬，拼命挤呀挤，好不容易才进了屋。

"你还没吃晚饭吧，我请你吃蛋糕、巧克力，还有橙汁。"火鸡先生说。

鹅太太一听忙高兴地说："谢谢，我都要吃！"于是，火鸡先生把东西一样样放在桌子上。

"啊，这么漂亮的蛋糕，我还是第一次吃呢。"鹅太

太说着，把一大块蛋糕塞进嘴里，并帮火鸡先生切了

一块。鹅太太吃得可香啦！她的嘴巴上、鼻子上、眉

毛上都沾上了奶油，看上去真滑稽。

"嗝，嗝，嗝……"鹅太太打着饱嗝说，"太好吃了，

谢谢您的款待，我该走了。"

她走到小窗口那边，准备出去。她的头和上半

gè shēn zi shēn dào le chuāng wài
个身子伸到了窗外，

kě shì dù zi zěn me yě chū
可是肚子怎么也出

bu qù le　　 wǒ bèi kǎ zhù
不去了。"我被卡住

le kuài lái jiù jiu wǒ　　é
了，快来救救我！"鹅

tài tai dà jiào zhe
太太大叫着。

智慧传递

火鸡先生利用肥皂泡沫可以润滑的原理，为鹅太太解了围。它的智慧源于哪里呢？答案就是生活。在生活中，只要你细心观察，懂得变通和运用生活的小常识，那么你也将成为一个很有办法的聪明孩子！

huǒ jī xiān sheng zhǐ hǎo cóng hòu mian de chuāng kǒu tiào chu qu jiù é tài tai
火鸡先生只好从后面的窗口跳出去救鹅太太。

tā zài wài mian yòng lì de bá zhe é tài tai de tóu hé bó zi é tài tai téng
他在外面用力地拔着鹅太太的头和脖子。鹅太太疼

de āi yō āi yō jiào ge bù tíng
得"哎哟、哎哟"叫个不停。

"我还是另外想个办法吧。"说完，火鸡先生走开了。不一会儿，他拿来肥皂和水，在鹅太太的肚子上抹来抹去。鹅太太觉得痒痒的，笑个不停。

"一、二、三！"火鸡先生拽住鹅太太的上半身向外拉，"噗"的一声，鹅太太像塞子一样被拔了出来。

"你的窗口开得太小了。"

"对，对！我马上去换一把门锁，你以后来做客就不用再从窗口里挤进挤出了。"

鹅太太摸摸自己的肚子，高兴地回家去了。

童话阅读日记

生活中还有很多细节和科学的原理等待我们去发现，仔细想想还有什么小窍门？在下面的空栏里写下来吧！

用放大镜可以点燃柴火

保持警惕

机警的小·鸡

一个秋天的早晨，一只狐狸鬼鬼祟祟地钻进一户人家的院子，躲在草堆后面。

这时，一群小鸡出窝了，他们一会儿捉虫吃，一会儿做游戏，玩得可开心了。

"今天的运气实在是太好了。"狐狸夹了夹尾巴，大摇大摆地走到小鸡身边说："小鸡宝宝，你们好！"

小鸡们从来没有见过狐狸，一看眼前是一张生面孔，立即警惕起来，问道："你是谁？我们不认识你！"

狐狸装着亲热的样子回答："我是小花猫的哥哥，

每年秋天都会来这里看望她。不过，你们不认识我，因为去年的这个时候你们还没出生呢！"

"小猫姐姐不在家。"

妈妈让我们在这里捉虫吃，不让跑到远处去。

小黑鸡告诉狐狸。

méi guān xi xiǎo huā māo bú zài nǐ men qù wǒ nàr wán ba
"没关系，小花猫不在，你们去我那儿玩吧。"

xiǎo huáng jī shuō mā ma ràng wǒ men zài zhè li zhuō chóng chī bú ràng pǎo
小黄鸡说："妈妈让我们在这里捉虫吃，不让跑

dào yuǎn chù qù
到远处去！"

zhè li nǎ yǒu hǎo dōng xi chī a wǒ jiā nàr de chóng zi duō de hěn
"这里哪有好东西吃啊。我家那儿的虫子多得很，

gè tóu yòu dà ròu yòu duō hǎo chī jí le
个头又大、肉又多，好吃极了。"

lù yuǎn ma xiǎo jī men qí shēng wèn
"路远吗？"小鸡们齐声问。

bù yuǎn bù yuǎn hú li zhǐ zhe shù lín shuō zǒu guò nà piàn shù
"不远！不远！"狐狸指着树林说，"走过那片树

lín zài zhuǎn ge wān jiù dào le
林，再转个弯就到了！"

wǒ men qù gào su mā
"我们去告诉妈

ma yì shēng
妈一声。"

bú yòng la gāng cái
"不用啦！刚才

wǒ jiàn guò nǐ men de mā ma tā yǐ jīng tóng yì le hú li shuō wán jiù lǐng
我见过你们的妈妈，她已经同意了。"狐狸说完，就领

zhe xiǎo jī men zǒu chū le yuàn mén
着小鸡们走出了院门。

yí lù shang hú li zhǐ gù gāo xìng dà wěi ba diào chū lai yě bù zhī dào
一路上，狐狸只顾高兴，大尾巴掉出来也不知道。

bái jī jiě jie kàn jiàn hú li de dà wěi ba zài yáo bǎi xiǎng qǐ le mā ma
白鸡姐姐看见狐狸的大尾巴在摇摆，想起了妈妈

de huà shù lín li
的话："树林里

yǒu zhī hú li huài de
有只狐狸坏得

hěn tā de wěi ba
很，他的尾巴

智慧传递

通过这个小故事，我们不但看到了坏狐狸的狡猾，同时也看到了小鸡的机警和机智。由此看来，坏人总会露出他的"狐狸尾巴"的，而我们也要时刻保持警惕的心，遇到危险时冷静脱险。

是又长又粗的……"

小白鸡想到这里，飞快地跑回家，把刚才的事对小黄狗说了一遍。

小黄狗说："我从来没听说小花猫有哥哥。糟糕！你们一定是遇到坏蛋狐狸了。"

小黄狗飞快地向树林那边跑去。"汪！汪！汪！"

小黄狗的叫声吓得狐狸直发抖，他夹着尾巴想逃跑，可是哪还来得及。小黄狗一口把他咬死了。

童话阅读日记

坏人是从来不会把"坏蛋"这两个字写在脸上，所以我们很难区分哪些是心怀不轨的坏人。那么我们该怎样提高警惕，保护好自己呢?在下面的空栏里写下来吧!

不和陌生人说话

急中生智

机智勇敢的汤姆

一座小茅屋里住着猫、公鸡和一个机智勇敢的孩子汤姆。

有一天,老猫和公鸡出去寻找食物,汤姆留在家里准备午饭。他一边干活,一边不停地说着:"我的金勺子多漂亮啊!"

这时,狐狸正趴在小茅屋门外。当他发现屋子里只剩下汤姆时,就大胆地闯了进来。

汤姆听到脚步声,吓得赶紧躲到了炉台底下。

狐狸进了茅屋东看看,西瞅瞅,就是找不到汤姆,心里打起了鬼算盘。

狐狸走到了餐桌前,翻动汤勺,嘴里念着:"好漂亮的金勺子,归我了!"

汤姆听了,急得在炉台下大声喊起来:"别动那把

勺子，那是我的！"

"哈哈，这把勺子留给你。不过，你可就是我的了！"狐狸来到炉台前，一把抓住汤姆，拖向森林里。

回到家里，狐狸把炉子的火烧得旺旺的，想把汤姆烤着吃。他找来一把铲子，让汤姆坐上去。

汤姆看出了狐狸的诡计，他张开两臂、岔

kāi liǎng tuǐ de zuò zài le chǎn zi shang hú li wú fǎ bǎ tāng mǔ sòng jìn lú kǒu
开两腿地坐在了铲子上。狐狸无法把汤姆送进炉口，

shēng qì de pī píng tāng mǔ nǐ zěn me zhè yàng zuò zhe
生气地批评汤姆："你怎么这样坐着？"

nà yīng gāi zěn me zuò ne tāng mǔ qǐng hú li zuò ge yàng zi kàn kan
"那应该怎么坐呢？"汤姆请狐狸做个样子看看。

nǐ zhēn shì ge bèn dàn hú li bǎ tāng mǔ cóng chǎn zi shang lā xia lai
"你真是个笨蛋！"狐狸把汤姆从铲子上拉下来，

zì jǐ tiào le shàng qu tā shōu lǒng
自己跳了上去。他收拢

pì gu hé wěi ba shēn zi jǐn
屁股和尾巴，身子紧

jǐn de quán chéng le yì tuán zuò
紧地蜷成了一团坐

zài chǎn zi shang
在铲子上。

智慧传递

虽然狡猾的狐狸捉住了汤姆，但汤姆机智勇敢，巧妙地让狐狸做示范，结果狐狸中了圈套，被烧死了。这个故事告诉我们，遇到危险时一定要沉着勇敢，这样才能急中生智，想出逃生的办法。

汤姆见了,立即把他扔进炉子,关上炉门,转身逃出了小屋。

汤姆跑到家门口,听见家里的老猫和公鸡正在伤心地哭着:"我们勇敢的汤姆,你去哪儿了?"

"我回来了,狐狸被我烧死了!"汤姆冲进屋子里,把刚刚发生的一切讲给老猫和公鸡听,乐得他们嘴都合不上。

如今,他们还开开心心地住在茅屋里,再也没有人敢去打他们的主意了。

童话阅读日记

面对危险,我们应该怎么办?在下面的空栏里写下来吧!

保持冷静

争强好胜的下场

剪刀大侠

有一把大剪刀在草原上游逛,他一边走一边唱歌:"咔嚓!咔嚓!我是剪刀大侠。谁不听我的话,咔嚓!咔嚓!"

一棵有学问的山菊花听见大剪刀唱的歌,摇了摇头说:"这首歌的歌词写得不太好,开头是'咔嚓咔嚓',怎么结尾还是'咔嚓咔嚓'?"

"我喜欢这样唱,不用你多管闲事。"大剪刀一扭头,咔嚓一下把山菊花的脑袋剪掉了。接着,大剪刀又唱着歌朝山坡上走去。

一只小蜥蜴听见了歌声,摆摆尾巴说:"这歌真难听,唱歌的还是个哑嗓子,嘻嘻!"

"好呀,你居然敢取笑我,我要让你知道我的厉害!"大剪刀怒气

chōng chōng de pū shang qu   bǎ xiǎo xī yì de wěi ba jiǎn duàn le   rán hòu   dà jiǎn
冲 冲地扑上去,把小蜥蜴的尾巴剪断了。然后,大剪

dāo chàng zhe gē zǒu jìn sēn lín
刀唱着歌走进森林。

lǎo hǔ tīng jiàn gē shēng lǚ lǚ hú zi shuō   sēn lín li zhǐ yǒu lǎo hǔ dà
老虎听见歌声,捋捋胡子说:"森林里只有老虎大

wáng cóng lái méi tīng shuō guò jiǎn dāo dà xiá
王,从来没听说过剪刀大侠!"

jīn tiān   wǒ jiù ràng nǐ cháng chang wǒ de lì hai   dà jiǎn dāo bèng qǐ
"今天,我就让你尝 尝我的厉害!"大剪刀蹦起

lai bǎ lǎo hǔ de hú zi jiǎn diào le
来,把老虎的胡子剪掉了。

dǎ bài le lǎo hǔ dà wáng dà jiǎn dāo gèng jiā wēi fēng le   tā zhàn zài shān
打败了老虎大王,大剪刀更加威风了。他站在山

dǐng shang dà jiào zhe   shéi hái bù fú qì   jiù guò lai hé wǒ bǐ shi bǐ shi
顶上大叫着:"谁还不服气,就过来和我比试比试!"

"你过来吧，我才不怕你呢！"山沟沟里传来一个清脆的声音。

大剪刀还真厉害！它不但剪断了山菊花的脑袋、小蜥蜴的尾巴，而且还剪断了老虎大王的胡子。但是，即使它再厉害，也一样有能够战胜它的人。小溪不但惩治了大剪刀，而且也留给我们一个深深的教训。

高傲的大剪刀吼叫着，跑进山沟沟，他要看看是谁这么大胆，莫非比老虎大王还厉害？噢，原来是一条细细的小溪，清清的溪水顺着石头缝往前流，唱着叮咚叮咚的歌。

凶狠的大剪刀二话不说，扑上去就剪。"咔嚓咔

我要让你尝尝我剪刀大侠的厉害。

cā kā cā yì lián jiǎn le yì bǎi xià yě méi bǎ xiǎo xī liú jiǎn duàn
嚓咔嚓……”一连剪了一百下，也没把小溪流剪断。

kā cā kā cā kā cā zài jiǎn yì qiān xià hái méi bǎ xiǎo xī liú jiǎn duàn
"咔嚓咔嚓咔嚓……"再剪一千下，还没把小溪流剪断。

zuì hòu dà jiǎn dāo shǐ chū hún shēn de lì qi yòu jiǎn le yí wàn xià
最后，大剪刀使出浑身的力气，又剪了一万下！

zuì hòu dà jiǎn dāo lèi sǐ le tā yì tóu zāi dǎo zài dīng dōng dīng dōng de
最后，大剪刀累死了！他一头栽倒在叮咚叮咚的

xī shuǐ biān
溪水边。

jǐ tiān guò hòu cǎo yuán shang de shān jú huā yòu kāi chū le gèng měi gèng yàn lì
几天过后，草原上的山菊花又开出了更美更艳丽

de huā duǒ shān pō shang de xiǎo xī yì yòu yǒu le yì tiáo xīn wěi ba lǎo hǔ dà
的花朵，山坡上的小蜥蜴又有了一条新尾巴，老虎大

wáng de hú zi yě zhǎng chū lai le lǎo hǔ dà wáng dào shān gōu li qù hē shuǐ kàn
王的胡子也长出来了。老虎大王到山沟里去喝水，看

jiàn xī shuǐ biān tǎng zhe yì bǎ shēng le xiù de pò jiǎn dāo
见溪水边躺着一把生了锈的破剪刀。

童话阅读日记

生活中你见过那种老是觉得自己了不起的人吗？你认为他的做法对吗？在下面的空栏里写下来吧！

以·小·胜大
杰克与豌豆

从前，有一个叫做杰克的男孩，他和母亲生活在一起。杰克的家里十分贫穷，只有一头母牛。有一天，母牛再也挤不出奶来了。于是，母亲吩咐杰克把牛牵到镇上卖掉。

途中，杰克被一位奇怪的老人叫住了："年轻人！我用这些豆子来换你那头牛，好吗？这是神奇的豆子，它可以一夜之间长到天空那么高。"杰克同意交换。

他高兴地带着豆子回家，却被母亲骂了一顿。母亲一气之下，把豆子扔到了窗外。

第二天早上，杰克醒来时，发现昨天丢出去的豆子已经长得好高、好高，一直钻入高高的云霄。

"我要看看它究竟长了多高。"杰克跳到了豆子树

上，顺着树干往上爬。

终于，杰克爬到了云彩的上面。在那里，他看到有一条道路绵延而下。杰克顺着道路一直往前走，来到了一座巨大的城堡前。城堡的门口，站着一位身材高大的妇人。

"老婆婆，我肚子好饿，你可以给我一点东西吃吗？"

jié kè wèn
杰克问。

kě lián de hái zi　　zhè xiē shí wù gěi nǐ　　nǐ gǎn kuài chī ba　　fù
"可怜的孩子，这些食物给你，你赶快吃吧！"妇

rén ná lái miàn bāo hé niú nǎi dì gěi jié kè
人拿来面包和牛奶递给杰克。

zhè shí hou　　wài mian tū rán chuán lái　dōng　dōng　de jiǎo bù shēng
这时候，外面突然传来"咚、咚"的脚步声。

zāo gāo　wǒ de xiān sheng huí lai le　　tā shì ge huài dàn　　zuì xǐ huan
"糟糕！我的先生回来了！他是个坏蛋，最喜欢

chī xiàng nǐ zhè yàng de xiǎo hái　　nǐ gǎn kuài duǒ qǐ lai ba
吃像你这样的小孩！你赶快躲起来吧。"

fù rén gāng jiāng jié kè cáng jìn guō li　　huài dàn jù rén biàn jìn wū le　　tā
妇人刚将杰克藏进锅里，坏蛋巨人便进屋了，他

shuō　hǎo xiāng ya　　hǎo xiàng yǒu hěn hǎo chī de xiǎo hái wèi ne　　jù rén dào chù
说："好香呀！好像有很好吃的小孩味呢！"巨人到处

wén zhe　bǎ wū zi fān le ge dǐ cháo tiān　yě méi fā xiàn jié kè
闻着，把屋子翻了个底朝天，也没发现杰克。

hòu lái　jù rén lèi le　　tā chī le liǎng tóu xiǎo niú zhī hòu　　cóng dài zi
后来，巨人累了。他吃了两头小牛之后，从袋子

li ná chū xǔ duō jīn bì lai　fàng zài zhuō zi
里拿出许多金币来，放在桌子

shang shǔ a　shǔ bù yí huìr　　biàn shuì zháo le
上数啊数，不一会儿便睡着了。

zhè shí hou　　jié kè gǎn jǐn cóng guō zhōng
这时候，杰克赶紧从锅中

pá chū lai　　bào zhe yí dài jīn bì　　shùn zhe dòu zi de
爬出来，抱着一袋金币，顺着豆子的

shù gàn huá dào le dì miàn　　jiù zhè yàng　jié kè yǔ
树干滑到了地面。就这样，杰克与

mǔ qīn yòng zhè xiē jīn bì guò le yì xiē hǎo rì zi
母亲用这些金币过了一些好日子。

不久，金币用完了。于是，杰克再次顺着豆子树往上爬，来到了城堡。这一次，他看到巨人将一只母鸡放在桌上，然后对母鸡说："母鸡、母鸡赶快生蛋吧！"那母鸡就"扑通"地生下了一个金鸡蛋。

杰克像上次一样，等到巨人睡着了，抱着母鸡跑回了家。这回，杰克和母亲再也不愁会饿肚子了。

不久，调皮的杰克又来到巨人的城堡里。这一次，巨人带着一个漂亮的竖琴回来。坏蛋将竖琴放在桌

子上，竖琴就自动发出美妙的音乐声。杰克呆呆地
望着，心里十分喜欢。

等到巨人睡着后，
杰克抓起竖琴想跑。
可是，竖琴却大叫了起
来。巨人惊醒过来，起身

智慧传递

虽然杰克原来只是一个穷小子，但是由于他能够把握住每一次机会，而且他积极进取、不求满足的精神使他有了这样一次又一次的冒险，最后他终于获得了幸福的生活。

zhuī gǎn jié kè
追赶杰克。

bié táo　　nǐ zhè xiǎo hùn qiú　　　　jù rén gēn zhe jié kè cóng dòu zi shù shang
"别逃！你这小混球！"巨人跟着杰克从豆子树上

huá xia lai　jié kè shí fēn zháo jí　tā yù huá yù kuài zǒng suàn lái dào le dì miàn
滑下来。杰克十分着急，他愈滑愈快，总算来到了地面。

mā ma　kuài gěi wǒ fǔ tou
"妈妈！快给我斧头！"

jié kè cóng mǔ qīn shǒu zhōng jiē guò fǔ tou　shǐ jìn kǎn zhe dòu zi shù gàn
杰克从母亲手中接过斧头，使劲砍着豆子树干。

zhōng yú　shù dǎo le xià lai　jù rén yě cóng bàn kōng zhōng shuāi dào dì miàn dāng chǎng
终于，树倒了下来，巨人也从半空中摔到地面，当场

jiù sǐ le
就死了。

cóng cǐ yǐ hòu　zài zì dòng fā shēng de shù qín péi bàn xià　jié kè yǔ mǔ
从此以后，在自动发声的竖琴陪伴下，杰克与母

qīn guò zhe xìng fú de rì zi
亲过着幸福的日子。

童话阅读日记

仔细想一想，杰克的登天旅行像不像我们的学习过程呢？从这个故事中，你学到什么？在下面的空栏里写下来吧！

积极进取

本性难移

老虎的妹妹

春天到了，山羊正在自家的菜院子浇水呢，这时，狐狸笑眯眯地走了过来。

"你好，羊大嫂！"狐狸见山羊不理自己，又说，"这天真热！羊大嫂，你知道我为什么来找你吗？"

"不知道。"羊大嫂头也没抬地回答。

"那天，我偶然听到牛说，你以前的邻居灰狼让你吃了不少苦头。亏得你心胸宽阔，换了别人，早难过死了……啊，对了，你知道我为什么来找你吗？"

"我刚刚已经说过了，我不知道你为什么找我。"羊大嫂抖抖身上的土，伸直了腰。

"你应该高兴，我要给你介绍一个新邻居！

羊大嫂，我给你介绍一个新邻居。

tā jiù shì lǎo hǔ de mèi mei
她就是老虎的妹妹！"狐狸特意在"妹妹"两个字上加
hú li tè yì zài mèi mei liǎng gè zì shang jiā

zhòng le yǔ qì
重了语气，"这妹妹两个字包含着天真、娇小、温柔和
zhè mèi mei liǎng gè zì bāo hán zhe tiān zhēn jiāo xiǎo wēn róu hé

míng dá shì lǐ yǒu shí yǒu diǎn rèn xìng dàn bìng bú guò fèn de yì si
明达事理，有时有点任性，但并不过分的意思。"

yáng dà sǎo méi zuò rèn hé biǎo shì jì xù fān teng shǒu li de bái cài yè zi
羊大嫂没做任何表示，继续翻腾手里的白菜叶子。

yáng dà sǎo lǎo hǔ de mèi mei tuō wǒ xiàng nǐ zhì yì bìng zhōng xīn de
"羊大嫂，老虎的'妹妹'托我向你致意，并衷心地

zhù fú nǐ yǒu ge měi mǎn guāng míng de wèi lái zěn me yàng zhè lǎo hǔ de mèi
祝福你有个美满光明的未来！怎么样？这老虎的妹

mei xīn cháng hái bú cuò ba
妹心肠还不错吧。"

ǹg hái bú cuò yáng
"嗯，还不错。"羊

dà sǎo shuō bú guò tā réng
大嫂说，"不过，她仍

shì yī zhī lǎo
是一只老……"

lǎo hǔ de mèi mei hú li wěi wǎn dòng tīng de zài cì jiā zhòng yǔ qì
"老虎的妹妹！"狐狸委婉动听地再次加重语气

shuō kě yǐ shuō mèi mei jù yǒu wěi dà mǔ xìng de yí qiè nǐ dà gài tīng shuō
说，"可以说，妹妹具有伟大母性的一切！你大概听说

guò ba lǎo hǔ de mèi mei wèi le bǎo hù zì jǐ de hái zi
过吧？老虎的妹妹为了保护自己的孩子，

céng jīng dǎ bài guò yì zhī xióng hái yào sǐ yì zhī láng tā cháng
曾经打败过一只熊，还咬死一只狼！她常

shuō yào shì néng hé yáng zuò lín jū nà jiù tài lǐ
说，要是能和羊做邻居，那就太理

想了！而且，她现在还开始重建新的饮食习惯，打算从此只吃草，不再吃肉了。你听听，这是多么动人的自白！"

羊大嫂耐心地听完狐狸的介绍，依然平静地说："我不愿意和她做邻居。"

"为什么？"狐狸舔了舔嘴唇，不解地问。

羊大嫂叹了一口气，回答："因为，老虎的妹妹仍是老虎啊！"

童话阅读日记

坏习惯如果不尽快改正的话便很有可能变成恶习呢。你们知道有哪些影响品质的坏习惯吗？在下面的空栏里写下来吧！

说大话

自作聪明

驴子的坏主意

从前，有一个盐商养了一头驴子。每天，盐商都要赶着驴子去海边装盐，然后运回城里卖。

这天，盐商又赶着驴去卖盐。

太阳明晃晃地挂在天空中，道路崎岖不平，驴子驮了两袋盐艰难地走着。他们来到了一条小河边，驴子一不小心跌到了河里。驴子吓坏了，想想背上那两袋沉甸甸的盐，顿时心灰意冷，它觉得自己再也爬不上岸了。

这时，主人拉住驴子使劲儿地往上拽，驴子在主人的帮助下终于爬上了岸。

上岸后，驴子突然觉得背上的袋子轻了许多。这是怎么回事呢？原来，盐浸在水里以后，都溶化成盐水流了出来，所以袋子就变轻了。可是驴子并不完全

míng bai qí zhōng de yuán yóu
明白其中的缘由。

yuán lái dōng xi diào dào shuǐ li huì biàn qīng a　　　 lú zi de xīn li yǒu le
"原来东西掉到水里会变轻啊！"驴子的心里有了

huài zhǔ yi
坏主意。

dì èr tiān dāng tā men zài cì lù guò nà tiáo hé de shí hou lú zi gù yì
第二天，当他们再次路过那条河的时候，驴子故意

bǎ shēn zi yì wāi diē jìn le hé li bìng zài hé li duō dāi le yí huìr
把身子一歪，跌进了河里，并在河里多待了一会儿。

děng tā zài shàng àn de shí hou bèi shang de fù zhòng guǒ rán gèng qīng le lú zi
等它再上岸的时候，背上的负重果然更轻了。驴子

hèn dé yì jīn bú zhù dà jiào qǐ lai
很得意，禁不住大叫起来。

背着这么重
的东西，看来我甭想
爬上岸了。

这一切都被主人看在眼里，但他什么话也没说，而是赶着驴子回到了城里。

第二天，天还没亮，主人就把驴子赶到了集市上，买了几大包棉花。驴子心里嘀咕："这么多东西一定很重，看来，还得用老办法了。"谁知，棉花背在背上并不沉，走起路来轻飘飘的。尽管这样，驴子还是觉得不满足。

智慧传递

驴子背上的棉花浸了水，当然会变重。这头自作聪明的驴子，终于受到了应有的惩罚。在生活中，我们做事要踏踏实实、勤勤恳恳，不能偷懒，否则也将会像驴子一样自讨苦吃。

来到河边，驴子飞奔过去，一下子扎进了河里。这一次，它在河里待了好大一会儿。估计时间差不多了，它才慢腾腾地抬起身子，想爬上岸。谁知，背上就像压了两块大石头，别提多重了。这是怎么回事呢？原来，棉花包浸透了水，变得比盐巴还要重了。

驴子看了看在一旁微笑的主人，只好拖着沉重的步子吃力地爬上岸，乖乖地向家走去。驴子的心里别提多后悔了。

童话阅读日记

妈妈让你做家务时，你会不会像故事中的驴子一样偷懒呢？你该怎样做？在下面的空栏里写下来吧！

细致观察

谜语童话

从前，有三个女人被施了魔法，变成了三朵艳丽的花儿绽放在田野上。

其中有一朵花，在每天夜里都可以变成人形回家过夜。可是只要天一亮，她就会重新变成花儿。如

果在天亮时，她没有回到田野上，那么她就会立刻枯萎而死。所以，在每天天亮之前，这个女人便不得不离开亲爱的丈夫和家人，回到田野里的伙伴中间。

一天夜里，女人做了一个奇怪的梦。梦中有个天使对她说："只要你的丈夫在明天上午将你变成的那朵花摘下，那么你们这三朵花便可以获得自由，而你也就可以永远和你的丈夫生活在一起。但是，一旦你的丈夫摘错了，那么你们将立即枯萎死去。"

女人吓得惊醒过来，她把梦里的一切告诉了丈夫，希望能够得到丈夫的帮助。丈夫听说能够使妻子永远留在身边，自然开心得不得了，不过，当他听说必须在三朵花中辨认出妻子，不禁为难起来。

"平时，我也经常到田地里去看你，可是你们三朵花长得一模一样，根本就没办法分辨。"丈夫露出为难的神色，抱怨道，"短短的一个上午，我怎么可能找得出你呢？"

你一定要在中午之前将我摘下。

女人听了丈夫的话，也犯起愁来。两个人左思右想，就是想不出一个更好的对策。这时候，天快要亮了，女人只好恋恋不舍地离开了丈夫，跑回了田野，静静地等待着。

过了一会儿，女人的丈夫来到了田野里。

他蹲在三朵艳丽的花儿旁边，左看看右

智慧传递

想不到吧？小小的露珠竟然成了破解魔法的关键。其实，人人都很容易看到大事物，却很少留意小细节。善于关注细节会使你比一般人对事物多一分了解，多一分把握，因此有人说"细节决定成败"。

看看，就是不知道应该摘下哪一朵才对。正在为难时，丈夫突然有了一个惊喜的发现。经过一番仔细的观察之后，他果然一下子便从三朵花中顺利地摘下了妻子那一朵。顿时，三个女人都变成了人形。

妻子非常惊讶，问："你是如何辨认出来的？"

丈夫笑了笑，轻声说："因为那两朵花在田野里过夜，所以身上沾满了露水。而你刚刚回到这里，所以身上是干净的。我就是通过这一点找到你的。"

妻子幸福地笑了，拉着丈夫的手回家去了。

童话阅读日记

"鸟"和"乌"、"日"和"曰"，对于这些看上去差不多的字，你能看得出它们之间的区别吗？你还能想到一些这样的形近字吗？

在下面的空栏里写下来吧！

己和已

随机应变

农夫与魔鬼

很久很久以前，遥远的山村里住着一位聪明的农夫。

有一天，农夫在田间辛苦劳动了一整天，天黑时正准备回家，忽然发现田野里有堆煤在燃烧着。他惊讶万分，走上前去察看，发现有一个黑色的小魔鬼坐在燃烧的煤堆上。

"小家伙，你是坐在财宝上吗？"农夫问。

"正是金银珠宝。"魔鬼得意洋洋地答道，"而且我相信你这一辈子都没有见过这么多的财宝呢！"

"这些财宝在我田里，就得归我所有。"农夫说道。

"没关系，我可以把它们全都送给你！这些珠宝对我来说没有任何用处，我更喜欢的是长在这里的果实。"魔鬼满不在乎地回答，"只要你答应我，

两年之内将这片田地里的收成分给我一半，这些财宝就全归你。"

农夫答应道："为了避免在我们分配时出现纠纷，我们先做一个规定吧。凡是泥土上的东西归你，泥土下长着的东西都归我。"

魔鬼听了，觉得这样的分配很合理，心满意足地

lí kāi le
离开了。

lìng rén xiǎng bú dào de
令人想不到的

shì zhè wèi cōng míng de nóng
是，这位聪明的农

fū zài zhè piàn tián dì zhòng shàng le
夫在这片田地种上了

dà luó bo shōu huò de jì jié dào le mó guǐ yāo qiú shōu huí shǔ yú tā de shōu
大萝卜。收获的季节到了，魔鬼要求收回属于它的收

cheng kě shì chú le nà xiē kū huáng de bài yè wài tā shén me yě méi yǒu dé
成。可是，除了那些枯黄的败叶外，它什么也没有得

dào ér nóng fū què zài xìng gāo cǎi liè de wā zhe tā de luó bo
到；而农夫却在兴高采烈地挖着他的萝卜。

mó guǐ shēng qì de shuō míng nián wǒ jué dìng yào dì xià de guǒ shí dì
魔鬼生气地说："明年，我决定要地下的果实，地

智慧传递

农夫的智慧来自哪里？答案是生活。每天与土地的亲近使他了解了各种植物的价值所在。我们也要学习这位农夫，做一个有心人，认真了解大自然的规律，这将是一笔终身受用的财富。

凡是长在泥土上的东西全归你，泥土下长着的归我。

上的部分完全归你。”

“好的，没问题。”农夫爽快地答应。

播种的季节又到了。不过，这一次农夫可不再播种萝卜了，而是种上了小麦。到了秋收的季节，麦子熟了。农夫来到田间，把麦秆齐根割倒在地。魔鬼又来了，看见自己除了残茬外，它又一无所获，气得转身就走，顺着石缝钻了进去。

当然，魔鬼的那堆财宝也自然归农夫所有了。

童话阅读日记

花生是埋在土里还是长在地面上？菠萝是挂在树上还是种在田里？你了解这些有关自然的常识和规律吗？

在下面的空栏里写下来吧！

花生埋在土里

勇于尝试

瓶子里的妖精

从前，一位很穷的老樵夫把儿子送到了学校，想让他学点本领。可是学校的费用太高了，没过多久，樵夫的钱便花光了。他只好把成绩优异的儿子领回了家。

父亲伤心地对儿子说："我已经没有钱再供你读书了。"

儿子笑了笑，说："别发愁，爸爸。明天我陪您进山砍柴，饿不死咱们的。"儿子让父亲向邻居借了一把斧子。第二天，父子两个一同进山里砍柴。

到了中午，父亲招呼儿子休息吃饭。但儿子却不肯休息。他在林子里走来走去，最后来到一棵高大的橡树前。

这时，他听到一个低沉的声音在叫喊："放我出来，

fàng wǒ chū lai　　nián qīng rén jīng yà jí le　　zǐ xì tīng ting　　nà shēng yīn hǎo xiàng
放我出来。"年轻人惊讶极了,仔细听听,那声音好像

shì cóng dì dǐ xià chuán chū lai de
是从地底下传出来的。

nián qīng rén zài shù gēn zhōu wéi wā le qǐ lai　　zhōng yú zài yí chù xiǎo dòng li
年轻人在树根周围挖了起来,终于在一处小洞里

zhǎo dào le yì zhī bō li píng　　píng zi li yǒu yí gè xiàng qīng wā shì de dōng xi zài
找到了一只玻璃瓶,瓶子里有一个像青蛙似的东西在

shàng bèng xià tiào de luàn jiào zhe　　nián qīng rén bù jiǎ sī suǒ de bá kāi píng sāi
上蹦下跳地乱叫着。年轻人不假思索地拔开瓶塞。

píng zhōng de dōng xi xùn sù tiào chū lai　　zhǎ yǎn zhī jiān biàn chéng le rú xiàng shù yí
瓶中的东西迅速跳出来,眨眼之间变成了如橡树一

yàng gāo de yāo jing　　tā zhàn zài nián qīng rén miàn
样高的妖精,它站在年轻人面

qián　　áo áo dà jiào　　nǐ bǎ wǒ
前,嗷嗷大叫:"你把我

fàng chū lai　　zhī dào huì dé dào shén me
放出来,知道会得到什么

yàng de bào chóu ma
样的报酬吗?"

nián qīng rén shuō　　bù zhī dào
年轻人说:"不知道。"

yāo jing shuō　　wǒ yào nǐng duàn nǐ de bó zi
妖精说:"我要拧断你的脖子。"

nián qīng rén shuō　　tài huāng táng le　shì wǒ jiù le nǐ ya
年轻人说:"太荒唐了,是我救了你呀!"

yāo jing shuō　　wǒ shì zhòng shén de shǐ zhě　què dūn zài píng zi li shòu fá
妖精说:"我是众神的使者,却蹲在瓶子里受罚,

wǒ fā guò shì　shéi jiù le wǒ　wǒ jiù nǐng duàn shéi de bó zi
我发过誓,谁救了我,我就拧断谁的脖子。"

nián qīng rén shuō　　děng yì děng　wǒ bù xiāng xìn nǐ nà me dà de gè zi huì
年轻人说:"等一等,我不相信你那么大的个子会

cóng píng zi li tiào chu lai　rú guǒ nǐ néng gòu chóng xīn huí dào píng zi li　wǒ cái
从瓶子里跳出来。如果你能够重新回到瓶子里,我才

xiāng xìn nǐ shuō de shì zhēn huà
相信你说的是真话。"

zhè tài jiǎn dān le　　shuō wán　yāo jing suō chéng yì tuán　tiào huí píng zhōng
"这太简单了。"说完,妖精缩成一团,跳回瓶中。

nián qīng rén lì　jí jiāng píng sāi gài yán　duì yāo jing shuō
年轻人立即将瓶塞盖严,对妖精说:

nǐ xiàn zài nǐng duàn zì jǐ de bó zi ba
"你现在拧断自己的脖子吧。"

yāo jing gǎn máng shuō　　qǐng nǐ fàng le
妖精赶忙说:"请你放了

wǒ　wǒ yí dìng huì hǎo hāor　de gǎn xiè nǐ
我,我一定会好好儿地感谢你,

jué bù nǐng duàn nǐ de bó zi
绝不拧断你的脖子。"

nián qīng rén shuō　　nǐ bú shì zài
年轻人说:"你不是在

qī piàn wǒ ba
欺骗我吧?"

妖精回答："请相信我，我决不会食言。"

年轻人决定冒一次险，他拔掉瓶塞，妖精又变成巨人，站在他面前说："为了表示感谢，我把这块布送给你。你用布的前边擦拭任何伤口，伤口都会立即愈合，用布的后边擦拭钢铁，钢铁会变成白银。祝你好运。"妖精说完，化作一道清风消失了。

年轻人拿着布，想："我应该试一试，看看是否灵

验。"他拿起斧头将

树干砍伤，然后用

布擦拭，伤口神奇

地愈合了。他用布擦

拭斧头，斧头变成了银斧。他举起银斧砍树，斧头被

砍坏了。年轻人对父亲说："斧头坏了，不能砍树了，

我们还是回家去吧。"

父亲说："你

把坏斧头卖掉，再

买把新斧头还给

邻居，差多少钱我来补。"

儿子把斧头卖给银匠，得了四百元钱，然后买了把新斧头，还给邻居。

他把剩余的钱交给父亲，父亲大吃一惊，问他从哪儿弄来这么多钱。年轻人将遇到妖精的情形说给父亲听，父亲这才转怒为喜。

年轻人又拿出一笔钱，学完了学校的全部课程。

毕业以后，他拿着那块布到处行医，治好了许多病人，成为全世界最有名的外科医生。

童话阅读日记

"失败了再爬起来"这样的故事，你知道几个？
在下面的空栏里写下来吧！

达芬奇画鸡蛋

知己知彼巧脱身

上当的老虎

深山里有一只大老虎，他已经好几天没有吃东西了，饿得肚子"咕咕"直叫。他从这座山跑到那座山，又从那个坡跳到这个坡，却找不到一点儿吃的，不断发出狂暴的吼叫。

这时，一只青蛙正在草丛中睡大觉，突然被老虎的吼叫声惊醒，吓得慌忙奔出草丛，想找个地方躲起来。谁知，他刚跳出草丛，便碰到了老虎。老虎瞪着铜铃般的大眼睛，眼珠子滴溜溜直转，嘴张得像一个大血盆，样子十分吓人。

不过，小青蛙并不慌张，他装出一副镇定的样子。当老虎正要扑过来的时候，他急中生智，飞快地蹦呀蹦，一下子跳到了老虎的背后。老虎扑了空，转

身又扑第二次，青蛙又蹦了几下，又躲到老虎背后去了。

老虎连扑几次都没有抓到青蛙，累得蹲在一边呼哧呼哧直喘气。这时，小青蛙的胆子可壮了，他暗暗想："老虎原来是个笨家伙，早知道这样，我怕他干什么？"

于是，他对老虎说："尊敬的虎大王，您要知道，我并不是因为怕您才躲着您。其实，我很想同您较量一下，但又怕您输了，有损您的名声。"

"住口！"老虎顿时怒火冲天。争强好胜的他决定和青蛙比试比试，好让小青蛙输得心服口服，便答应道："好啊！小东西，你说较量什么呢？"

"请跟我来吧！"青蛙带老虎来到山沟边，对他说，"咱俩比跳远，谁赢了就可以把输的那个吃掉。"

老虎看了看眼前的青蛙：小小的个子，鼓鼓的眼

jīng shēn tǐ hái méi yǒu zì jǐ de
睛，身体还没有自己的

jiǎo zhǎng dà ne
脚掌大呢！

lǎo hǔ dā ying le qīng wā de
老虎答应了青蛙的

tiáo jiàn
条件。

bǐ sài kāi shǐ le lǎo hǔ qiǎng zhe xiān tiào tā zòng shēn yí yuè shí xiǎo qīng
比赛开始了，老虎抢着先跳，他纵身一跃时，小青

wā jī ling de yì kǒu yǎo zhù lǎo hǔ de wěi ba gēn zhe lǎo hǔ yì qǐ yuè guò le
蛙机灵地一口咬住老虎的尾巴，跟着老虎一起跃过了

shān gōu
山沟。

lǎo hǔ gēn běn méi chá jué tā tiào guò shān gōu hái dé yì de huí tóu hǎn
老虎根本没察觉，他跳过山沟，还得意地回头喊

zhe wèi xiǎo dōng xi
着："喂，小东西。"

bú liào qīng wā zài tā shēn biān dé yì de shuō wǒ zǎo dào zhèr le
不料，青蛙在他身边得意地说："我早到这儿了。"

lǎo hǔ hěn shì jīng yà dàn yòu bù fú qì yāo qiú zài bǐ shi yí cì jié
老虎很是惊讶，但又不服气，要求再比试一次，结

guǒ dì èr huí hé réng rán shū gěi le qīng wā
果第二回合仍然输给了青蛙。

tiào yuǎn bǐ bù chū zhēn běn shi zhè ge bú suàn shù lǎo hǔ yǒu diǎn nǎo huǒ
"跳远比不出真本事，这个不算数。"老虎有点恼火。

nà nǐ shuō bǐ shén me
"那你说比什么？"

bǐ tù dōng xi kàn shéi tù de dōng xi duō shéi jiù yíng
"比吐东西，看谁吐的东西多，谁就赢

le shéi yào tù de shǎo shéi jiù děi gěi duì fāng dàng diǎn xin
了，谁要吐的少，谁就得给对方当点心。"

129

昨晚吃的老虎肉还没有消化呢！

qīng wā xiǎng le xiǎng　　dā ying le lǎo hǔ de tiáo jiàn
青蛙想了想，答应了老虎的条件。

bǐ sài kāi shǐ le　　lǎo hǔ jí yú qǔ shèng　　qiǎng xiān tù le qǐ lai　　tā
比赛开始了，老虎急于取胜，抢先吐了起来。他

dèng yǎn qiào zhe shé tou　　tù ya tù ya　　bǎ dù zi li méi xiāo huà wán de jǐ kuài
瞪眼翘着舌头，吐呀吐呀，把肚子里没消化完的几块

ròu dōu tù le chū lai　　qīng wā bìng bù xīn jí　　yīn wèi tā gāng gāng yǎo zhe lǎo hǔ
肉都吐了出来。青蛙并不心急，因为他刚刚咬着老虎

de wěi ba guò gōu de shí hou　　zuǐ ba li zhèng hǎo hái diāo zhe xiē lǎo hǔ máo ne
的尾巴过沟的时候，嘴巴里正好还叼着些老虎毛呢。

lún dào tā tù de shí hou　　tā yì diǎn yě bù zháo jí　　gù yì shēn cháng bó zi
轮到他吐的时候，他一点也不着急，故意伸长脖子，

tù a tù　　bǎ jǐ gēn hǔ máo màn màn de tù zài dì shang
吐啊吐，把几根虎毛慢慢地吐在地上。

上当的老虎

智慧传递

读了这个小故事,你是不是也为小青蛙的冷静和智慧拍手叫好呢?智慧的力量是无穷无尽的,当我们遇到危险的时候,也要像小青蛙一样积极开动脑筋,相信你也会想出好办法脱离险境的。

"你怎么吐出老虎的毛呢?"老虎惊恐地问。

青蛙煞有介事地回答:"实话告诉你吧,我从小就是吃老虎肉长大的。尤其昨天晚上我吃的那只老虎,肉可香了,连虎毛都很好吃,所以我嚼到现在都没舍得咽下去!"

老虎是有名的大笨蛋,一听就信以为真,他看看虎毛又瞧瞧青蛙,再也不敢多待,赶忙逃走了。

童话阅读日记

仔细想一想,你在小青蛙的身上学到了什么呢?在下面的空栏里写下来吧!

遇事冷静

131

以弱胜强

狮子和蚊子

自从狮子做了森林之王，森林里的小动物们可就遭了殃，因为他现在变得越来越傲慢，经常欺负小动物们。小蚊子将这一切看在眼里，想要教训狮子一番。

这一天的天气很好，太阳光照在身上暖洋洋的。森林之王狮子吃饱了之后，卧在草丛中，不一会儿便进入了梦乡。

不知什么时候，蚊子飞了过来，他不停地吹着喇叭，在狮子的耳边叫嚷着、飞舞着。狮子此时睡得正香，听到这烦人的声音很生气。他睁开眼睛看了看四周，发现有一只不识趣的蚊子在他的面前飞来飞去。

狮子气愤地说："真讨厌！赶快走开！没见大王我正在睡觉吗？"

wén zi hǎo xiàng méi tīng jiàn shì de　　 réng rán zài shī zi miàn qián pán xuán
蚊子好像没听见似的，仍然在狮子面前盘旋。

　　 gǔn kāi 　　tīng dào méi yǒu　　 nǐ yào shì rě huǒ le wǒ 　　 nǐ jiù méi mìng
　　"滚开！听到没有？你要是惹火了我，你就没命

le 　　　　shī zi zhè huí kě shēng qì le
了！"狮子这回可生气了。

　　wén zi tīng le zhī hòu què háo bú zài hu 　fǎn ér gù yì jiāng lǎ ba chuī de
　　蚊子听了之后却毫不在乎，反而故意将喇叭吹得

gèng xiǎng　　 wén zi ào màn de shuō 　hng　 bié yǐ wéi nǐ shì sēn lín zhī wáng
更响。蚊子傲慢地说："哼！别以为你是森林之王，

jiù kě yǐ zài bǎi shòu miàn qián shuǎ wēi fēng　 wǒ cái bú pà
就可以在百兽面前耍威风，我才不怕

nǐ ne
你呢！"

　　shī zi yì tīng nǎo xiū chéng nù 　zhǐ zhe wén
　　狮子一听恼羞成怒，指着蚊

zi shuō　　 shén me　　 nǐ gǎn
子说："什么！你敢

真讨厌，离我
远一点！

qiáo bu qǐ wǒ　　　zhè shí
瞧不起我？"这时，

wén zi bú dàn bú pà hái
蚊子不但不怕，还

tiǎo xìn de huí dá　　shì
挑衅地回答："是

a　　yào bu zán men lái bǐ ge gāo
啊，要不咱们来比个高

dī ba　　kàn shéi de běn lǐng dà
低吧！看谁的本领大。"

nǐ zhè ge xiǎo dōng xi　jìng gǎn kǒu chū kuáng yán　hǎo　kàn wǒ zěn me shōu
"你这个小东西，竟敢口出狂言，好！看我怎么收

shi nǐ　　shī zi gāng shuō wán　jiù dà hǒu yì shēng　pū le guò qu　shēn chū yòu
拾你！"狮子刚说完，就大吼一声，扑了过去，伸出右

zhuǎ qù dǎ wén zi
爪去打蚊子。

shéi zhī　　shī zi bú dàn méi dǎ dào
谁知，狮子不但没打到

wén zi　　fǎn ér dǎ le zì jǐ yí jì ěr
蚊子，反而打了自己一记耳

guāng　　ér wén zi zhè shí yòng
光。而蚊子这时用

tā nà ruì lì de cì zhēn　zhí
他那锐利的刺针，直

wǎng shī zi de liǎn shang zhā
往狮子的脸上扎。

智慧传递

不只是在童话里，在生活中这样以弱胜强的事例也并不少见。通过这个小故事，我们要谨记：不要欺负那些看似弱小的人，更不要轻视人家的力量。要知道小小的蚊子也能打败号称"森林之王"的狮子。

吼

shī zi gǎn dào liǎn yǎng de lì hai　jiù yòng zhuǎ zi cháo liǎn shang zhuā　bú liào tā
狮子感到脸痒得厉害，就用爪子朝脸上抓。不料，他

yòng lì guò měng jìng bǎ zì jǐ de liǎn zhuā de xiān xuè lín lí　kě wén zi què réng
用力过猛，竟把自己的脸抓得鲜血淋漓。可蚊子却仍

bú fàng guò tā　bù tíng de zhā shī zi de yǎn jing　ěr duo
不放过他，不停地扎狮子的眼睛、耳朵。

　　hǎo le　hǎo le　nǐ kuài bié dǎ le　wǒ rèn shū　shī zi mǎn liǎn
"好了，好了。你快别打了，我认输！"狮子满脸

xuè bān　zhōng yú xiàng wén zi tóu xiáng le　qiáo　hái shì wǒ lì hai ba　wén
血斑，终于向蚊子投降了。"瞧！还是我厉害吧！"蚊

zi jiàn shī zi qiú ráo le　jiù dé yì yáng yáng de chuī zhe lǎ ba fēi zǒu le
子见狮子求饶了，就得意洋洋地吹着喇叭飞走了。

　　cóng cǐ　shī zi zài yě bù gǎn xiàng cóng qián nà yàng ào màn le　tā bú zài
　　从此，狮子再也不敢像从前那样傲慢了。他不再

qī fu xiǎo dòng wù　hé dà jiā xiāng chǔ de shí fēn hé mù　cóng cǐ　dòng wù wáng
欺负小动物，和大家相处得十分和睦。从此，动物王

guó de gōng mín men wú yōu wú lù　rì zi guò de fēi cháng kuài lè
国的公民们无忧无虑，日子过得非常快乐。

童话阅读日记

　　小朋友，在跟哥哥、姐姐的比赛中，你赢过他们吗？你是如何取胜的呢？

　　在下面的空栏里写下来吧！

知己知彼

狮子照哈哈镜

yǒu yì tiān shī zi zhuā zhù le xiǎo māo xiǎng bǎ tā yì kǒu tūn xia qu
有一天,狮子抓住了小猫,想把他一口吞下去。

xiǎo māo miāo miāo de dà jiào dào nǐ wèi shén me chī wǒ ya
小猫喵喵地大叫道:"你为什么吃我呀?"

shī zi tīng le hā hā dà
狮子听了哈哈大

xiào nà hái yòng wèn yīn wèi wǒ
笑:"那还用问,因为我

dà nǐ xiǎo
大你小。"

小猫说："什么，什么，你大？我小？你一定是眼睛花了，明明是我大你小。"

狮子听小猫这么一说，脑袋便糊涂起来。

小猫说："你呀，眼睛只看见自己的爪子，看不见自己的身子，怎么知道自己有多大呢？"

"你说得很有道理！"狮子想了想说。

小猫说："我家有面镜子，你去照一照，就知道自己有多大了。"

狮子从来没有照过镜子，他觉得照镜子一定是一件很有趣的事，于是便跟着小猫回了家。

不过，小猫家的镜子可真奇怪，正面可以照，反面也可以照；正面鼓起来，反面凹进去；电钮一按，镜子还会转一转。

"狮子，你快过来照一照吧，瞧

瞧你自己，到底是大还是小？”

狮子走进屋子，在镜子前面一站。镜子鼓起来的那一面正好朝着他，他往镜子里一瞧，看见自己又矮又小，简直就像一只小老鼠。

小猫说：“你看明白了吧，你的个子

智慧传递

遇到危险并不是最可怕的，可怕的是没有勇气去面对它。当我们遇到困难或危险时，不能望而却步，应该勇敢地去战胜困难，只要敢于和困难进行拼搏，最终你会发现机智和勇气会帮我们渡过难关。

有多大？现在你站到旁边去，让我照镜子。"

小猫偷偷地把电钮一按，镜子转了一转，凹进去的一面朝着小猫。嗬，不得了，镜子里的小猫比狮子还大呢！

"狮子，狮子，你快瞧一瞧。我比你大呀，还是比你小？"

狮子站在旁边偷偷地瞧了一眼，看见镜子里的小猫那么大、那么高，嘴巴一张一张的，真吓人！狮子以为小猫要吃他了，转过身子就往外跑，一直跑到树林里，再也不敢出来了。

童话阅读日记

你们见过小猫家的镜子吗？这种镜子叫做哈哈镜，你见过几种哈哈镜？它们又把你变成了什么样子呢？在下面的空栏里写下来吧！

使我上身长下身短的哈哈镜

巧计回家

糖果屋

zài dà sēn lín páng biān zhù zhe yí gè pín qióng de qiáo fū   tā hé tā de dì
在大森林旁边住着一个贫穷的樵夫，他和他的第

yī gè qī zi shēng le liǎng gè hái zi   nán hái míng jiào hàn sài ěr   nǚ hái míng jiào
一个妻子生了两个孩子，男孩名叫汉赛尔，女孩名叫

gé lái tè
格莱特。

yì tiān yè li   liǎng gè hái zi tīng jiàn jì mǔ duì tā men de fù qīn shuō
一天夜里，两个孩子听见继母对他们的父亲说：

jiā li méi yǒu chī de le   míng tiān bǎ hái zi dài dào sēn lín li rēng le ba
"家里没有吃的了，明天把孩子带到森林里扔了吧。"

fù qīn qǐ xiān bù tóng yì   kě jīn bú
父亲起先不同意，可禁不

zhù qī zi de ruǎn mó yìng pào   zuì
住妻子的软磨硬泡，最

终答应了。格莱特伤心地哭了起来，汉赛尔安慰她说："放心吧，我会有办法的。"说完，他偷偷溜到了房外，捡了许多闪闪发光的白色小石子。

第二天，继母带他们去森林里砍柴。一路上，汉赛尔故意走在最后，偷偷地把衣袋里的石子丢在路上。继母将他们带到森林深处，便独自一人去"砍柴"了。兄妹两个坐在树下等着等着，便睡着了。当他们醒来的时候，天已经黑了。他们借着月光，循着地上闪闪发光的白石子往前走，终于回到了家。

过了几天，继母又要把孩子们丢掉。像上次一样，汉赛尔打算去捡些小石子，但是门被继母锁上了。这次，他只好把午饭的面包捏碎，把碎面包屑撒在了路上。然而，当他们晚上想沿着面包屑回家时，却发现面包屑全都被鸟儿吃光了。

我们先吃些糖果来填饱肚子吧。

hàn sài ěr hé mèi mei zài sēn lín li zǒu le yì tiān yí yè   yě méi yǒu zhǎo
汉赛尔和妹妹在森林里走了一天一夜，也没有找

dào huí jiā de lù   tū rán   zài tā men de yǎn qián chū xiàn le yí zuò xiǎo fáng zi
到回家的路。突然，在他们的眼前出现了一座小房子。

nà jiān xiǎo wū shì yòng xiāng pēn pēn de miàn bāo zuò de   fáng dǐngshang shì hòu hòu de
那间小屋是用香喷喷的面包做的，房顶上是厚厚的

dàn gāo   chuāng hu shì míng liàng de táng kuài
蛋糕，窗户是明亮的糖块。

hàn sài ěr hé gé lái tè gǎn jǐn fēi bēn guò qu   bāi xià yì xiǎo kuài wū dǐng
汉赛尔和格莱特赶紧飞奔过去，掰下一小块屋顶

kěn le qǐ lai   zhè shí   fáng mén dǎ kāi le   yí gè lǎo pó po zhǔ zhe guǎi zhàng
啃了起来。这时，房门打开了，一个老婆婆拄着拐杖

zǒu le chū lai   tā bǎ liǎng gè hái zi lǐng jìn le xiǎo wū   gěi tā men zhǔn bèi le
走了出来。她把两个孩子领进了小屋，给他们准备了

一顿丰盛的晚餐。

其实，这个老婆婆是一个专门引诱孩子上当的坏巫婆，她的友善只是伪装的，她那幢用美食建造的房子是为了让孩子们落入她的圈套。一旦哪个孩子落入她的魔掌，她就杀死他，把他煮来吃掉。

第二天，巫婆把汉赛尔关进了一个大铁笼子，接着又像使唤奴隶一样让格莱特为她做事，让她把汉赛尔养胖，然后吃掉汉赛尔。

不过，这个巫婆的眼睛不好，什么都看不清楚，所以当她想知道汉赛尔有没有长胖时，只能摸一摸汉赛尔的手指。聪明的汉赛尔每次都是伸给她一根啃过的小骨头。

过了四个星期，老巫婆失去了耐心，她命令格莱特立刻生火烧水，马上把汉赛尔煮来吃掉。格莱特伤心极了，一边生火一边哭泣。

wū pó jiào gé lái tè kàn
巫婆叫格莱特看

kàn shuǐ kāi le méi yǒu zhè
看水开了没有。这

shí tā hū rán xiǎng dào le yí
时，她忽然想到了一

gè hǎo zhǔ yi tā duì wū pó
个好主意。她对巫婆

shuō shuǐ shāo kāi shì shén me yàng zi ne wǒ bú huì kàn hái shi nǐ qīn zì guò
说："水烧开是什么样子呢？我不会看，还是你亲自过

lai kàn kan ba
来看看吧。"

wū pó zǒu dào guō páng còu jìn le kàn guō li de shuǐ chèn zhè shí hou gé
巫婆走到锅旁，凑近了看锅里的水。趁这时候，格

lái tè měng de bǎ wū pó tuī jìn le guō li bù yí huìr wū pó jiù bèi tàng
莱特猛地把巫婆推进了锅里。不一会儿，巫婆就被烫

sǐ le
死了。

gé lái tè dǎ kāi tiě lóng
格莱特打开铁笼

zi bǎ gē ge jiù le chū lai
子，把哥哥救了出来。

智慧传递

妹妹格莱特开始是个遇事只会哭泣的小姑娘，后来也变得勇敢起来。由此可以看出，在困难面前，软弱和哭泣是没有用的，只有积极地想办法，勇敢地面对，才能战胜它。

他们走进巫婆的房间,发现有个大箱子,里面装满了珠宝和金币。兄妹俩拿了一些装在自己的口袋里。

他们离开巫婆的房子,穿过一条大河,又朝前走了一会儿,便看到了自己的家。父亲看到他们回来了,紧紧地抱住他们,激动地流下了泪水。自从抛弃孩子之后,他后悔极了,赶走了那个恶毒的女人,一个人过着忏悔的日子。兄妹两个把身上的金币和珠宝都拿了出来,简陋的小屋里顿时闪耀着灿烂的光芒。

从此,樵夫一家三口过上了无忧无虑的生活。

童话阅读日记

当你迷路的时候,你是害怕地哭泣,还是积极地动脑筋想办法回家呢? 你有什么好主意? 在下面的空栏里写下来吧!

站在原地等妈妈

智慧的较量
兔子英雄

森林里有一只非常凶狠的老虎，小动物都非常怕他。

有一天，小动物们聚在一起玩耍。兔子问："你们说，森林里谁最厉害？"

"当然是老虎了，森林里没有谁能打得过老虎！"小山羊说。

兔子想了想，一本正经地问："如果有谁能够制服老虎，那么他算不算是英雄呢？"

"那当然算了，可是森林里有谁能制服老虎呢？"小伙伴们问。

兔子一挺胸脯说："我能！"

"哈哈……"小伙伴们哄笑了起来，大家都觉得兔子在说大话。

"如果我把老虎制服了怎么办？"兔子打赌说。

"我把最珍贵的礼物送给你，同时把你奉为森林里的英雄！"小刺猬不甘示弱地说。

"我也算上一个！"小动物们纷纷表态。

"我很快就会有很多礼物了！"兔子胸有成竹地找到老虎，说："我敬爱的主人，我愿成为您的仆人，永远地侍候您老人家！"

启迪孩子心灵的100个智慧童话

智慧传递

没有永远的强者,也没有永远的弱者。故事中的兔子虽然不是森林之王,却能凭借自己的智慧制服老虎。学习也是一样,只要刻苦努力地朝着成功的目标前进,最终你一定会变成生活中的"英雄"。

老虎正好缺个帮手打理家务,便相信了兔子的话,让他留下来侍候自己。

第二天,兔子跟着老虎一起出去找食物。来到一座悬崖边,兔子停了下来。他做出一副毕恭毕敬的样子,对老虎说:"敬爱的主人,从前我侍候您的父亲,他非常勇敢,经常从这里跳下去,然后带回来许多

hǎo chī de dōng xi　　suǒ yǐ měi cì wǒ zǒu dào zhè li shí　zǒng huì xiǎng qǐ nín nà
好吃的东西。所以每次我走到这里时，总会想起您那

yǒng gǎn de fù qīn
勇敢的父亲！"

tīng le tù zi de huà　lǎo hǔ xīn li měi zī zī de　　tā dāng rán yě yào zài
听了兔子的话，老虎心里美滋滋的，他当然也要在

tù zi miàn qián chěng yí xià yīng xióng　yú shì　tā háo bù yóu yù de tiào xià yá qù
兔子面前逞一下英雄。于是，他毫不犹豫地跳下崖去。

　āi yō　téng sǐ wǒ le　　lǎo hǔ shuāi zài yì duī luàn shí shang　téng de
"哎哟，疼死我了！"老虎摔在一堆乱石上，疼得

áo áo zhí jiào　　zhè shí　tā cái zhī dào shàng le　tù zi de dàng
嗷嗷直叫。这时，他才知道上了兔子的当。

xiǎo huǒ bàn men tīng shuō le zhè jiàn shì　dōu dài zhe xīn ài de lǐ wù lái zhǎo
小伙伴们听说了这件事，都带着心爱的礼物来找

xiǎo tù zi　bìng bǎ　yīng xióng　zhè gè zūn guì de chēng hào sòng gěi le cōng míng de
小兔子，并把"英雄"这个尊贵的称号送给了聪明的

tù zi
兔子。

童话阅读日记

如果一个强而有力的人与一个柔弱的人较量，是
不是强壮的人就一定会取胜呢？柔弱的人会用什么
样的办法取得胜利呢？在下面的空栏里写下来吧！

运用智慧

集体的力量

小鲤鱼笑了

"呜……"几条金色的小鲤鱼围在一起高声痛哭着。

一只热心的老青虾捋着长胡子,问:"孩子们,你们为什么哭得这样伤心啊?"

小鲤鱼抹了抹眼泪,说:"我们的小妹妹看到了一条红蚯蚓,刚上去咬了一口,只听'呼'一声,我们的小妹妹便飞出了水面。"说完,小鲤鱼们哭得更伤心了。

老青虾刚想安慰他们一番,小鲤鱼们突然惊叫起来:"瞧,那条红蚯蚓又来了!"

老青虾对小鲤鱼们说:"别慌,让我过去看看。"

不一会儿,老青虾回来了,他告诉大家:"这是人类设下的圈套。他们把红蚯蚓穿在一个铁钩上,铁钩系在一根线上,专门用来钓你们的。"

"那该怎么办呢?"一条名叫小圆头的鲤鱼害怕地问。

老青虾叮嘱着:"大家离他远点就没事了。"

"可是,万一哪个馋嘴的家伙去咬那条红蚯蚓,不就遭殃了吗?"小鲤鱼担心地说。

"你们放心,有我老青虾在,保证你们个个安全!"

说着,老青虾舞动着两条长枪,向红蚯蚓冲了过去。

只听"呼"的一声,老青虾一下子便飞出了水面。

"呜呜呜……"小鲤鱼们哭得更伤心了。

一只灰蟹横着身子爬过来，问："你们为什么哭得这样 伤心啊？"

金色的小鲤鱼把事情的经过告诉了灰蟹。灰蟹听了，扬起两把大钳子，"咔咔"两声把两株水草剪断了。

这时，那条带着长线的红蚯蚓又出现了。灰蟹挥舞着两把大钳，向红蚯蚓冲去。

想不到，他的两只大钳刚刚碰到那条长线，只觉

得自己的身子一下子飞了起来。要不是他把钳子松开得快，就再也回不来了。

他赶紧躲进石洞里，不敢出来见小鲤鱼了。

"呜呜呜……"小鲤鱼们哭得好伤心，他们想离开这个地方了。

"不行，我们不能就这么离开，"圆头小鲤鱼愤恨地说，"我们得想办法教训他一下。"

"对，要让他知道我们并不是好惹的！"大家叽叽喳喳，绞尽脑汁想办法。这时，那条带长线的红蚯蚓又出现了。

圆头绕着红蚯蚓游了一圈。突然，他想到了一个好主意。他指着水底一只破鞋子，大声喊道："大家快过来，我们把它弄到红蚯蚓旁边去，让他钓一只破鞋子！"

小鲤鱼们有的用嘴衔，有的用头拱，把那只破鞋子

xiàng hóng qiū yǐn páng biān yí
向红蚯蚓旁边移

guò qu
过去。

dàn shì gāng zǒu le yí
但是，刚走了一

bàn lù nà zhī pò xié zi zěn me
半路，那只破鞋子怎么

yě nuó bú dòng le yuán lái zhè lǐ zhǎng zhe xǔ duō shuǐ cǎo bǎ tā gěi chán zhù le
也挪不动了，原来这里长着许多水草，把它给缠住了。

xiǎo lǐ yú men shǐ chū quán shēn de lì qi zhē teng le hǎo bàn tiān yě bù néng nuó
小鲤鱼们使出全身的力气，折腾了好半天，也不能挪

dòng xié zi bù jīn yǒu xiē xiè qì le
动鞋子，不禁有些泄气了。

zhè shí huī xiè jiāng jūn lái bāng máng le tā yòng liǎng bǎ dà qián zi bǎ shuǐ
这时，灰蟹将军来帮忙了，他用两把大钳子把水

智慧传递

看到自己的小伙伴遇到了危险，小鲤鱼开始只知道哭泣。后来，它们积极动脑筋想办法，运用大家团结的力量，终于给了钓鱼的人一个惩罚。由此可见，集体的智慧和力量是不容忽视的。

草剪断，在为他们开路呢！

"谢谢灰蟹将军！"小鲤鱼们很快把那只破鞋子弄到了红蚯蚓旁边，并把鞋带挂到了铁钩上。

突然，破鞋子飞出了水面。这时，水面上还传来了一阵高兴的欢呼。不过紧接着，小鲤鱼们便听到了钓鱼人失望的声音。

"哈哈，他花了那么大的力气，钓上去的不过是只破鞋子。"小鲤鱼们一边说笑着，一边继续向前游去。此时，他们笑得可开心了。

童话阅读日记

在集体的生活里，有很多事都是需要大家一起携手来完成的。仔细想一想，都有哪些活动必须依靠集体的力量？

在下面的空栏里写下来吧！

拔河比赛

不随便打开房门

小兔乖乖

兔妈妈有三个孩子，一个叫红眼睛，一个叫长耳朵，一个叫短尾巴。他们住在森林里，过着幸福的生活。

一天早晨，兔妈妈对孩子们说："妈妈去拔萝卜，你们好好儿看家，谁来叫门都不开，等妈妈回来了才开门。"

小兔子记住妈妈的话，把门关得紧紧的。过了一会儿，大灰狼来了。他想拿小兔子当点心吃，可是门关得紧紧的，他进不去。大灰狼不死心，坐在小兔子家门口，想着坏主意。

不一会儿，兔妈妈回来了。她走到家门口，一边敲门，一边唱歌："小兔儿乖乖，把门儿开开！快点儿开开，妈妈要进来。"小兔子一听妈妈

huí lai le　qiǎng zhe gěi mā ma kāi mén
回来了，抢着给妈妈开门。

duǒ zài shù hòu de dà huī láng tōu tōu xué huì le tù mā ma chàng de gē　xīn
躲在树后的大灰狼偷偷学会了兔妈妈唱的歌，心

xiǎng　　hng　míng tiān nǐ men jiù shì wǒ de diǎn xin
想："哼，明天你们就是我的点心。"

dì èr tiān　tù mā ma yòu chū qu le　dà huī láng zǒu dào mén kǒu　yì biān
第二天，兔妈妈又出去了。大灰狼走到门口，一边

qiāo mén　yì biān xué tù mā ma chàng gē　hóng yǎn jing hé duǎn wěi
敲门，一边学兔妈妈唱歌。红眼睛和短尾

ba yì tīng　qiǎng zhe qù kāi mén　cháng ěr duo què shuō　bú
巴一听，抢着去开门。长耳朵却说："不

duì　mā ma de shēng yīn bú
对，妈妈的声音不

是这样的。"

红眼睛和短尾巴

往门缝里一看：原来

是大灰狼！小兔子们 唱

道："不开，就不开。妈妈不回来，谁来也不开！"

大灰狼着急地说："我就是你们的妈妈呀！"

"你把尾巴伸进来，我们要瞧一瞧。"小兔子回答。

大灰狼把自己的尾巴伸了进去。小

智慧传递

这三只小白兔真的很乖巧。当大灰狼来敲门的时候，它们通过细心的观察，一下子就揭穿了大灰狼的阴谋。在生活中，我们也要像小白兔一样，面对陌生人时，一定要小心谨慎，以防上当受骗。

我的尾巴断了，好痛啊！

兔子们一起使劲儿，把门关得紧紧的，一下子夹住了大灰狼的尾巴。

大灰狼痛得哇哇大叫："哎哟，疼死我了！"

这时候，兔妈妈刚好回来了。她捡起一根大木棍，朝大灰狼的脑袋狠狠打去。大灰狼疼得受不了啦，他使劲儿一拉，把尾巴拉断了。可他根本顾不上断尾巴，赶紧逃到山里去了。

小兔子们听到妈妈的声音，都跑过来抢着给妈妈开门。兔妈妈高兴地说："你们真是聪明的好孩子！"

童话阅读日记

独自在家时，有陌生人来敲门，你该怎么办呢？

在下面的空栏里写下来吧！

拒绝给他开门

图书在版编目（CIP）数据

启迪孩子心灵的100个智慧童话/龚勋主编. —汕头：汕头大学出版社，2012.1（2021.6重印）
ISBN 978-7-5658-0456-4

Ⅰ.①启… Ⅱ.①龚… Ⅲ.①童话—作品集—世界
Ⅳ.①I18

中国版本图书馆CIP数据核字（2012）第003507号

启迪孩子心灵的100个智慧童话

QIDI HAIZI XINLING DE 100 GE ZHIHUI TONGHUA

总 策 划	邢 涛		印 刷	唐山楠萍印务有限公司
主 编	龚 勋		开 本	705mm×960mm　1/16
责任编辑	胡开祥		印 张	10
责任技编	黄东生		字 数	150千字
出版发行	汕头大学出版社		版 次	2012年1月第1版
	广东省汕头市大学路243号		印 次	2021年6月第8次印刷
	汕头大学校园内		定 价	37.00元
邮政编码	515063		书 号	ISBN 978-7-5658-0456-4
电 话	0754-82904613			